W0209035

Mit Goethe durch das Jahr 2022

Goethe und der Sport – ein Leben in Bewegung

Herausgegeben und mit
einem Essay von Jochen Klauß

Dudenverlag
Berlin

Umschlagmotive:
»Goethe auf dem Eise« (als Advokat in Frankfurt a. M.; vorne Maximiliane von Brentano), kolorierte Fotografie nach dem Karton, 1862, von Wilhelm von Kaulbach. Aus: Goethe-Gallerie, nach Original-Cartons von Wilhelm von Kaulbach, München (F. Bruckmann), o. J.

Ausschnitt aus »Goethe in der Campagna«,
Gemälde von Johann Heinrich Wilhelm Tischbein, 1787

Bibliografische Information der Deutschen Nationalbibliothek:
Die Deutsche Nationalbibliothek verzeichnet diese Publikation in der Deutschen Nationalbibliografie; detaillierte bibliografische Daten sind im Internet über http://dnb.dnb.de abrufbar.

© Duden 2021
Bibliographisches Institut GmbH,
Mecklenburgische Straße 53, 14197 Berlin
Alle Rechte vorbehalten.
Nachdruck, auch auszugsweise, nicht gestattet.

Gestaltung: nxt.digital, Düsseldorf
Satz: typegerecht berlin, Strausberg
Umschlaggestaltung: sauerhöfer design, Neustadt
Umschlagabbildungen: akg-images
Druck und Bindung: Heenemann GmbH & Co. KG
Bessemerstraße 83–91, 12103 Berlin

ISBN 978-3-411-16062-4 kartoniert
ISBN 978-3-411-16063-1 Kassette
www.duden.de

PEFC
PEFC/04-31-1156

PEFC zertifiziert
Dieses Produkt stammt aus nachhaltig bewirtschafteten Wäldern und kontrollierten Quellen.

www.pefc.de

GOETHE UND DER SPORT – EIN LEBEN IN BEWEGUNG

Sport in Goethes Zeit

Den Begriff »Sport« hat Goethe wohl nicht gekannt und in seiner heutigen Bedeutung demzufolge auch nicht verwendet. Aber mit dem Phänomen hat er sich sein Leben lang auseinandergesetzt und praktisch befasst. Das Wort »Sport« wurde 1828 von Fürst Pückler-Muskau ins Deutsche eingeführt – und es gab sogar ein Zusammentreffen von Fürst Pückler-Muskau und Goethe: Der Fürst besuchte Goethe am 15. und 19. September 1826 in Weimar. Das Thema Leibesübungen hat bei den Gesprächen zwischen beiden aber wohl keine Rolle gespielt. Es ging vielmehr um die Gartenkunst im Allgemeinen und um Bad Muskau im Besonderen. Goethe war weit davon entfernt, anstrengenden physischen Belastungen das Wort zu reden.

Körperliche Ertüchtigung oder gar sportliche Wettkämpfe spielten für ihn kaum eine Rolle. Die Gemessenheit galt ihm, einem Kind des Rokoko, als äußeres Merkmal stilvollen Umgangs der Menschen miteinander. Zeitlebens hielt er daran fest, der junge Mann wie auch der beherrschte reife Mann. Von Sport als Selbstzweck war also nicht die Rede, als er am 5. Juni 1775 an die Freundin Johanna Fahlmer schrieb: »Schlafen, Essen, Trinken, Baden, Reiten, Fahren war so ein paar Tage her der selige Inhalt meines Lebens.« Goethe pflegte kein Muskeltraining, keinerlei gymnastisches Boden- oder Geräte-

Porträt des jungen Goethe, Gemälde von Anton Johann Kern, 1765

turnen, geschweige denn irgendeine Art von Laufen oder Mannschaftssport, sondern ganz natürliche Bewegungen, kulturvolle Vergnügungen und Freizeitbeschäftigungen wie Wandern, Fechten, Baden, Schwimmen, Jagen, Bergsteigen und Tanzen. Nicht selbstzweckhafter Spaß, sondern gesellige Unterhaltung und gesunde, dem Körper angemessene Tätig-

Muskau (Niederschlesien), Park (1815–45 angelegt von H. v. Pückler-Muskau), die Blumengärten, vom Turmbalkon des Schlosses aus gesehen, Lithografie. Aus: Atlas ... zu den Andeutungen über Landschaftsgärtnerei vom Fürsten von Pückler-Muskau, Stuttgart (Hallberger) o.J. (1834).

keit mit dem Ziel allgemeinen Wohlbefindens waren sein Antrieb, Sport zu treiben – mitunter kamen allerdings Mutproben hinzu.

Die gewünschte Steigerung des Körper- und Lebensgefühls erreichte er offensichtlich. In »Dichtung und Wahrheit« berichtet er, dass er in der Jugend »der Wanderer« genannt wurde: »Diese Beruhigung

Auf dem Main, Grafit-Zeichnung von Johann Wolfgang von Goethe, 1768/70

für mein Gemüt, die mir nur unter freiem Himmel, in Tälern, auf Höhen, in Gefilden und Wäldern zu Teil ward, kam die Lage von Frankfurt zustatten, das zwischen Darmstadt und Homburg mitten inne lag … Ich gewöhnte mich, auf der Straße zu leben, und wie ein Bote zwischen dem Gebirg und dem flachen Lande hin und her zu wandern.« Das Gedicht »Wanderers Sturmlied« vermittelt die Stimmung jener Jahre.

WANDRERS STURMLIED

Wen du nicht verlassest, Genius,
Nicht der Regen, nicht der Sturm
Haucht ihm Schauer über's Herz.
Wen du nicht verlassest, Genius,
Wird dem Regengewölk,
Wird dem Schlossensturm
Entgegen singen,
Wie die Lerche
Du da droben.

(Aus: Wandrers Sturmlied)

Später traten neue Vorlieben an die Stelle des Wanderns: »Das Reiten verdrängte nach und nach jene schlendernden, melancholischen, beschwerlichen und doch langsamen und zwecklosen Fußwanderungen ... Die jüngeren Gesellen führten das Fechten wieder ein; besonders aber tat sich bei eintretendem Winter eine neue Welt vor uns auf, indem ich mich zum Schrittschuhfahren, welches ich nie versucht hatte, rasch entschloss ...«

Die jungen Jahre – vom schwächlichen Knaben zum athletischen Mann

Goethe war ein schwächliches Kind, dem seine spätere Sportlichkeit zunächst nicht anzusehen war. Das überlieferte Bildnis des 16-Jährigen von unbekannter Hand zeigt zwar schon die das Gesicht beherrschenden Augen, die lange Nase und den geschwungenen apollinischen Mund, ansonsten vermittelt das Porträt aber den Eindruck eines schwächlichen, blassgesichtigen Jünglings. Die Figur wirkt keinesfalls athletisch, sondern krumm und kümmerlich. Die Berichte über die körperliche Entwicklung des Sohnes im vornehmen Patrizierhaus decken sich mit diesem Eindruck sowie mit den entsprechenden Passagen in »Dichtung und Wahrheit«.

In den Leipziger Studentenjahren versuchte der junge Goethe, das Versäumte mit Gewalt nachzuholen. Einige Faktoren erwiesen sich jedoch als hinderlich: Ein »chaotischer Zustand« des Gehirns beherrschte zunächst den Studiosus, der sich bezeichnenderweise auch körperlich nicht gut und ausgeglichen fühlte. Übermäßiger Kaffee- und Bier-

Geburtshaus von Johann Wolfgang von Goethe am Großen Hirschgraben in Frankfurt, Kupferstich, o.J.

genuss drückten ihn, die unerwiderte und unerfüllte Liebe zu Käthchen Schönkopf tat ein Übriges. »Meine Natur«, schrieb Goethe später selbstkritisch, »von hinlänglichen Kräften der Jugend unterstützt«, schwankte zwischen den Extremen von ausgelassener Lustigkeit und melancholischem Unbehagen.

Mangelnde Bewegung trug zu Verdauungsstörungen bei. Kaltbäder und andere Brachialmethoden, die gerade im Schwange waren, führten schließlich zur Krisis und ausbrechender Krankheit: Im Juli 1768 erlitt Goethe einen lebensgefährlichen Blutsturz, der auf eine bis heute nicht restlos zu klärende Lungenkrankheit zurückzuführen war. Es dauerte Wochen und Monate und bedurfte der aufopferungsvollen

Pflege durch Freunde und Bekannte, bis sich der Zustand des Kranken wieder besserte. Reiten und Fechten traten wieder ins Gesichtsfeld, und obwohl der junge Student als schwer gesundheitlich angeschlagener Mann ins Elternhaus am Großen Hirschgraben zurückgekehrt war – sehr zum Ärger des ehrgeizigen Vaters, der die Karriere seines Sohnes voranzutreiben gedachte –, war doch der junge Goethe im Begriff, sich zum Kraftmenschen zu wandeln. Goethe gewöhnte sich in den Frankfurter, Straßburger und Wetzlarer Jahren »alle abzumüßigenden Tage und Stunden« zu Pferde und in freier Luft zuzubringen. Ausgiebige Wanderungen und Gewaltmärsche, auch beispielsweise das Stelzengehen, beherrschte und praktizierte der sichtbar Genesende.

Am 7. November 1775 betrat er nun im Vollbesitz seiner körperlichen und geistigen Kräfte die ihm völlig unbekannte Weimarer Welt. Der 26-Jährige war kein schwächlicher, lungenkranker Jüngling mehr. Vielmehr wurde ein schlanker, kräftiger und muskulöser Mann in die Weimarer Kreise von gleich gesinnten und gleich gestimmten Heißspornen aufgenommen.

Ein Schattenriss zeigt den 30-Jährigen in betont gerader Haltung, mit gewölbter Brust, schlank und mit festem Stand. Das andere populäre Bildnis des jungen Mannes findet sich in Lavaters »Physiognomischen Fragmenten«, in denen der junge Fritz von Stein, der Lieblingsschüler Goethes, seinem Mentor gegenübersteht. Etwa fünf Jahre später verewigte Tischbein den Freund und römischen Hausgenossen vor antiken Felsen liegend mit einem der berühm-

Johann Wolfgang von Goethe, Ganzfigur im Profil nach links von Johann Friedrich Anthing, o. J.

Johann Wolfgang von Goethe in der Campagna, Gemälde von Reinhold Ewald, 1959; nach Johann Heinrich Wilhelm Tischbein, 1787

testen Gemälde, das es von Goethe überhaupt gibt. Deutlich ist der sportliche junge Mann erkennbar, dessen kräftige Waden auffallen. Ein zartes Bild, auf dem man den Rombesucher von hinten sieht, im Fenster auf den römischen Corso schauend, bestätigt diesen Eindruck. Auch das berühmte Gemälde von Georg Melchior Kraus, das Goethe 1776 als Orest an der Seite seiner verehrten Freundin Corona Schröter zeigt, passt in diese Reihe von Abbildungen Goethes als einem athletischen Mann.

Die unbestechlichen Beobachtungen der Ärzte, die Goethe behandelten, seien hier abschließend in Erinnerung gerufen. Hufeland, von 1783 bis 1793 Leibarzt des Dichters, schrieb: »Man kann sich keinen schöneren Mann vorstellen. Dabei ist lebhafter Geist und eine Kraft, die seltenste Vereinigung geistiger und körperlicher Vollkommenheit, groß, stark und schön.« Ähnlich euphorisch äußerte sich Carl Vogel, Goethes letzter Leibarzt in Weimar ab 1822: »Als Knabe und Jüngling sah ich ihn im Jahre 1776 in Weimar erscheinen, in voller Kraft und Blüte der Jugend und des anfangenden Mannesalters. Nie werde ich den Eindruck vergessen, den er als Orestes im griechischen Kostüm in der Darstellung seiner Iphigenie machte; man glaubte einen Apollo zu sehen …«

Dieser in Weimar zum Höhepunkt gebrachte durchtrainierte Körper war Goethe von großem Nutzen, als er sich 1779 zu einer zweiten Schweizreise entschloss, eigentlich der Abschluss seiner Erziehungsjahre mit dem jungen und ungestümen Herzog Carl August. Die Zeit der großen Reisen und Abenteuer war für Goethe nach der zweiten Italienreise

WANDERUNG AM VULKAN

Am Fuße des steilen Hanges empfingen uns zwei Führer, ein älterer und ein jüngerer, beides tüchtige Leute. Der erste schleppte mich, der zweite Tischbein den Berg hinauf. Sie schleppten, sage ich; denn ein solcher Führer umgürtet sich mit einem ledernen Riemen, in welchen der Reisende greift und, hinaufwärts gezogen, sich an einem Stabe, auf seinen eigenen Füßen, desto leichter emporhilft. So erlangten wir die Fläche, auf welcher sich der Kugelberg erhebt, gegen Norden die Trümmer der Somma … Erst ein gewaltsamer Donner, der aus dem tiefsten Schlunde hervortönte, sodann Steine, größere und kleinere, zu Tausenden in die Luft geschleudert, von Aschewolken eingehüllt. Der größte Teil fiel in den Schlund zurück. Die andern nach der Seite zu getriebenen Brocken, auf die Außenseite des Kegels niederfallend, machten ein wunderbares Geräusch: Erst plumpten die schwereren und hupften mit dumpfem Getön an die Kegelseite hinab, die geringeren klapperten hinterdrein, und zuletzt rieselte die Asche nieder. Dieses alles geschah in regelmäßigen Pausen … Wie aber durchaus eine gegenwärtige Gefahr etwas Reizendes hat und den Widerspruchsgeist im Menschen auffordert, ihr zu trotzen, so bedachte ich, dass es möglich sein müsse, in der Zwischenzeit von zwei Eruptionen hinauf an den Schlund zu kommen … Noch klapperten die kleinen Steine um uns herum, noch rieselte die Asche, als der rüstige Jüngling mich schon über das glühende Gerölle hinaufriss. Hier standen wir an dem ungeheuren Rachen …

(Aus: Goethe, Italienische Reise, 2. März 1787)

1790 zu Ende. Schon auf der Rückreise 1790 gab sich der Dichter als Minister gelassen und seiner Rolle gemäß. Die großen sportlichen Herausforderungen lagen hinter ihm: die Seefahrten nach Sizilien, die teils mehrfachen Besteigungen von Ätna und Vesuv. Nicht nur körperliche Anstrengungen hatte er bewältigt, es gab auch gefährliche Episoden, wie etwa Vulkanausbrüche in unmittelbarer Nähe, die beste Kondition erforderten. Höchstleistungen hatte sich Goethe auch zugemutet, als er im Verlauf seiner Teilnahme an der Belagerung von Mainz und der Champagne in Frankreich 1792/94 unmittelbar von gefährlichen Kampfhandlungen betroffen wurde; reiterisches Können und draufgängerischer Übermut waren erforderlich, um dem Inferno wieder zu entkommen.

Die zweite Lebenshälfte – Kuren und Spaziergänge

1788, nach der Italienreise, trat Christiane Vulpius in Goethes Leben. Sie führte ihm den Haushalt, gebar seine insgesamt fünf Kinder, die bis 1802 das Licht der Welt erblickten. Nur der Erstgeborene, August, überlebte, eine Rhesus-Unverträglichkeit war wohl die Ursache dafür, dass die anderen vier Kinder früh starben.

In den 1790er-Jahren nahm Goethe stark an Gewicht zu. Christianes Küche trug dazu bei, aber auch die Abnahme der Reisetätigkeit spielte eine gewichtige Rolle. Erwähnenswert ist hier noch die dritte Schweizer Reise 1797, auf der Goethe das langsame, systematische Reisen erlernte. Ein gehässiger Brief Carl von Steins an seinen Bruder Fritz vom Juni

Goethes Gartenhaus in Weimar von der Rückseite, Federzeichnung mit Aquarell von Johann Wolfgang von Goethe, o. J.

1799 zeugt von den äußerlichen Veränderungen Goethes in diesen Jahren: Goethes »Gang ist überaus langsam, sein Bauch nach unten hervorstehend ..., sein Kinn kurz aus dem Hals herangezogen ..., seine Backen dick, sein Mund in halber Mondform, seine Augen allein noch gen Himmel gerichtet, sein Hut aber noch mehr, und sein ganzer Ausdruck eine Art von selbstzufriedener Gleichgültigkeit, ohne eigentlich froh auszusehen. Er dauert mich, der schöne Mann, der so edel im Ausdruck seines Körpers war.« Die Beleibtheit des Dichters ist auch durch andere Quellen dieser Jahre belegt.

Zusätzlich wurde das zunehmende Alter um die Jahrhundertwende deutlicher sichtbar; Goethe war nun über 50, aber immer noch stattlich. Die sichtbare Schwerfälligkeit ging mit einer gern zur Schau gestellten Häuslichkeit der »kleinen unheiligen Familie« einher. Reichliches Essen und teils maßloses Trinken, das durch die Vermögensverhältnisse Goethes möglich war, traten an die Stelle einer regelmäßigen gesunden Ernährung – ein Prozess, der in Ansätzen bereits in Italien zu beobachten gewesen war.

Um die Jahrhundertwende – das Schlittschuhlaufen hatte Goethe längst eingestellt – prägte aber wieder eine Diät den Speiseplan. Auch weite, regelmäßige Spaziergänge unternahm Goethe. Zur Disziplinierung zwang ihn nicht zuletzt ein langes, sehr heftiges Nierenleiden – Goethes Schmerzensschreie waren manchmal bis zum Frauentor zu hören. Die Korpulenz ging nun sichtbar zurück. Kleinere Reisen und vor allem die regelmäßigen Trinkkuren im böhmischen Karlsbad und Marienbad verfehlten ihre heilsame Wirkung nicht. Gleichzeitig brach in den Bädern Böhmens die geistige Arbeit an den unterschiedlichsten Stoffen und Gegenständen nie ab. Von 1807 an werden die Berichte über intensive Spaziergänge im Tagebuch immer häufiger. Auch andere Kurorte tauchen auf: neben Karlsbad, Marienbad und Teplitz fuhr Goethe nach Wiesbaden, Pyrmont, Tennstedt und Berka, wo er über das Kuren hinaus die langen Spaziergänge mit Freunden und Bekannten schätzte – auch Kutschfahrten wurden immer öfter unternommen.

Zu Hause liebte Goethe das Arbeiten im Garten. Viele Besucher erwähnten die gesunde, braune Hautfarbe, die Goethe dadurch bekam. Sein Tagesablauf war regelmäßig und durchgeplant. Zu den täglichen Routinen des älter werdenden Dichters gehörten auch Leibesübungen. Goethe arbeitete bis zuletzt. Am 18. März 1832 nahm er seine letzte Amtshandlung vor, unterschrieb Papiere und Amtsvorgänge. Am 22. März 1832 um halb zwölf Uhr drückte er sich in eine Ecke seines Lehnstuhls und starb. Johann Peter Eckermann, Sekretär, Freund und Faktotum Goethes, warf einen letzten Blick auf die sterbliche Hülle seines Meisters: »Ich erstaunte über die göttliche Pracht seiner Glieder; die Brust überaus mächtig, breit und gewölbt; Arme und Schenkel voll und sanft muskulös; die Füße zierlich und von der reinsten Form; und nirgends am ganzen Körper eine Spur von Fettigkeit oder Abmagerung und Verfall. Ein vollkommener Mensch lag in größter Schönheit vor mir.« Coudray, objektiver als der Goethe abgöttisch liebende Eckermann, bestätigt dessen Aussagen: »Den in allen Teilen schön und kräftig geformten Körper konnten wir nicht genug bewundern, und ich fand bestätigt, was schon früher von Goethe gesagt worden: In ihm habe der Schöpfer ein in Geist und Körper gleich vollkommenes Meisterwerk aufgestellt.«

Wanderer, Tänzer und Turner

Schon in frühen Jahren galt Goethe als der Wanderer schlechthin. Nach der Leipziger Zeit, die mit ihren krankhaften studentischen Übertreibungen und Exzessen den jungen Mann an den Rand des Grabes geführt hatte, war Goethe entschlossen, durch ein Leben auf den Straßen und in der Natur seinen Körper abzuhärten und zu stählen. In den Jahren nach

Goethe mit Lavater und Basedow auf der Wanderung, Holzstich nach Zeichnung von Kaspar Kögler, um 1880. Aus: Goethes Werke, hrsg. v. H. Düntzer, Stuttgart und Leipzig, o.J.

1770 erkundete er zahlreiche Ziele zu Fuß: Darmstadt, Wetzlar, Rhein und Main, Mosel und Neckar »erlief« der junge Mann. Auch nach der Übersiedlung nach Weimar hielt Goethe an der Gewohnheit langer Spaziergänge und Wanderungen fest.

Als Beispiel mag ein Besuch bei Charlotte von Stein am 12. Juni 1777 dienen, den der Dichter in

HÖHENANGST

Besonders aber ängstigte mich ein Schwindel, der mich jedes Mal befiel, wenn ich von einer Höhe hinunterblickte. Allen diesen Mängeln suchte ich abzuhelfen, und zwar, weil ich keine Zeit verlieren wollte, auf eine etwas heftige Weise … Ich erstieg ganz allein den höchsten Gipfel des Münsterturmes, und saß in dem sogenannten Hals, unter dem Knopf oder der Krone, wie man's nennt, wohl eine Viertelstunde lang, bis ich es wagte, wieder heraus in die frische Luft zu treten, wo man auf einer Platte, die kaum eine Elle ins Geviert haben wird, ohne sich sonderlich anhalten zu können, stehend das unendliche Land vor sich sieht … Es ist völlig, als wenn man sich auf einer Montgolfiere in die Luft erhoben sähe. Dergleichen Angst und Qual wiederholte ich so oft, bis der Eindruck mir ganz gleichgültig ward.

(Aus: Dichtung und Wahrheit, II, 9)

seinem Tagebuch festhielt: »Mir ist's diese Woche in der Stadt wieder sehr wunderlich gangen, ich habe mich gestern herausgeflüchtet, bin um halb sechs zu Fuß von Weimar abmarschiert und war halb 10 hier, da alles schon verschlossen war und sich zum Bett gehen bereitet.« Mit viel Geschrei wurde der Ankömmling aus Weimar begrüßt, und die beiden älteren Söhne Charlottes durften sich wieder anziehen. Großkochberg, das Gut der Familie von Stein, lag etwa 34 Kilometer von Weimar entfernt. Zu Fuß diese Strecke zu bewältigen hieß, auf den althergebrachten Wegen der Bauern zu wandern, auf einem Wegenetz, das heute aufgrund der Großfelderwirtschaft nicht mehr oder nur noch sehr lückenhaft existiert. Goethe will die Strecke in vier Stunden bewältigt haben. Die Tradition der Wanderung von Weimar nach Kochberg hat sich bis heute erhalten, sodass Vergleiche angestellt werden können. Heutige Wanderer benötigen die doppelte Zeit, Pausen nicht eingerechnet. Selbst wenn man eine außerordentlich gute Kondition Goethes voraussetzen könnte, dürften doch Zweifel angebracht sein.

Die Wanderungen während der ersten und zweiten Schweizreise 1774 und 1779/80 zeigen ähnliche Unstimmigkeiten. Spätere Wanderungen, etwa in Böhmen, in Italien oder auf Sizilien, sodann im Thüringer Wald und im Harz sind aber absolut glaubhaft. Jenseits der großen Reisen nach der Jahrhundertwende stieg Goethe zunehmend auf die Kutsche um – eine verständliche Reaktion auf sein zunehmendes Alter. Die gute Finanzsituation des Ministers ließ das auch zu, denn Kutschreisen waren nicht billig.

Schloß Kochberg, Bleistiftzeichnung/Tuschlavierung von Johann Wolfgang von Goethe, o.J.

Neben dem Wandern war Goethe noch einer weiteren körperlichen Betätigung zugetan: Bereits im Frankfurter Elternhaus war dem jungen Heißsporn das Tanzen beigebracht worden, das er aber in Leip-

Kontratanz oder Kontertanz, ein Tanz aus dem 17. und 18. Jahrhundert, o. J.

zig wieder vernachlässigte. Als Student im tanzlustigen Straßburg unternahm er einen zweiten Versuch mit einem französischen Tanzlehrer. In Sesenheim tanzte er mit Friederike Brion gern Walzer, Menuette und Kontertanz, und später in Weimar war er sogar als exzellenter Tänzer bekannt, was aber wohl eher auf die bescheidene Weimarer Hofkultur hindeutet.

Christiane, Goethes Lebensgefährtin und spätere Frau, galt als leidenschaftliche und ausdauernde Tänzerin, die auf Bällen in Weimar, Jena oder Bad Lauchstädt vor allem mit Studenten tanzte, übrigens mit völliger Billigung Goethes, der dem Spaß seiner

TANZEN

Wie leicht und zierlich, klar und zart gewoben,
Schwebt; Seraph, gleich, aus ernster Wolken Chor,
Als glich es ihr, am blauen Äther droben,
Ein schlank Gebild aus lichtem Duft empor:
So sahst du sie in frohem Tanze walten,
Die lieblichste der lieblichsten Gestalten.

(Aus: Goethe, Elegie)

Frau oft vergnügt zuschaute. Bei Theaterbesuchen und Bällen in Weimar will Christiane sogar ihre Schuhe nächtens durchgetanzt haben. Noch im Alter galt der Tänzer Goethe als ausdauernd und galant. In der Ausnahmesituation seiner Liebe zu Ulrike von Levetzow in Böhmen 1823 will der über 70-Jährige nach eigenem Bekunden »gehupft und gesprungen« sein, was den Hochbetagten am nächsten Morgen allerdings zum Besuch des Badearztes Dr. Heidler genötigt haben soll.

Auch mit dem Turnen hat Goethe sich angefreundet: Geturnt hat Goethe schon als Jugendlicher, verstärkt aber bis zum zunehmenden Alter. Dass Goethes Ruf als Turner sogar den späteren Meuchelmörder Kotzebues erreichte, ist bezeichnend. Carl Ludwig Sand besuchte Goethe am 14. November 1817 in Jena und bat um Überlassung eines verfallenen Ballsaals, um eine Fecht- und Turnhalle daraus zu machen. Die Ablehnung durch den Weimarer Beamten verrät die Distanz gegenüber den burschenschaftlichen Aktivitäten der Jenenser Studenten und deren freiheitlichen und frührevolutionären Zielen, die Goethe abschreckte. Turnen war hier eine Tätigkeit, die politisch Stellvertretercharakter hatte.

Reiter, Fechter und Schütze

Goethe begann mit über 15 Jahren das Reiten zu erlernen und bediente sich bis ins hohe Alter hinein, sogar bis ins letzte Lebensjahr, dieser Fortbewegungsart. Die Frankfurter Anfänge waren durchaus nicht nur von Begeisterung geprägt. Die penetranten Gerüche der modrigen, feuchten, kalten Reitbahn

Fechtende Studenten, Grafitzeichnung mit Feder und Pinsel von Johann Wolfgang von Goethe, 1765/68

hasste der Anfänger, die kleinen und größeren Schikanen und die Bestechlichkeit des Reitlehrers stießen den schwächlichen und sensiblen Schüler ab.

Die Leipziger Jahre nutzte Goethe allerdings, um seine Reitkünste zu verbessern. Schmerzliche Rückschläge konnten nicht ausbleiben. Ein Brief an den Freund Berisch vom Beginn des Monats November 1767 hielt ein solches Missgeschick fest: „... ich bin vom Pferde gestürzt, oder eigentlicher, ich habe mich vom Pferde gestürzt, da es mit mir, einem sehr ungeschickten Reiter, durchging, um es nicht etwa zu einem Schleifen oder sonstigen Stürzen kommen zu lassen ... Aber Gott sei Dank, ich habe mir keinen Schaden getan, denn du kannst wohl raten, dass ich ein aufgestoßnes Kinn, eine zerschlagene Lippe und ein geschellertes Auge nicht unter die großen Schäden rechne.« Einige Tage später schrieb er, seinen Mut betonend: »Was tat ich neulich, als ich von meinem unbändigen Pferde weggerissen ward? Ich konnte es nicht einhalten, ich sah meinen Tod,

Friederike Elisabeth Brion, Druck, o.J.

wenigstens einen schrecklichen Fall vor Augen. Ich wagt' es und stürzte mich herunter. Da hatte ich Herz. Ich bin vielleicht nicht der herzhafteste, bin mir geboren, in Gefahr herzhaft zu werden.«

Carl August Großherzog von Sachsen-Weimar-Eisenach, Gemälde von Johann Ernst Heinsius, 1781

Erst in Straßburg – so die Berichte – wurde Goethe ein passabler Reiter. Ganze Tage kam er nun nicht mehr aus dem Sattel; das Elsass durchquerte er mit Pferd und Freund. Im Lustspiel »Claudine von

Villa Bella« aus dem Jahr 1775 stehen die Verse, die das jugendlich unbeschwerte Erleben verdichten:

Er gab die Sporen kreuz und quer
Und ritt auf allen Seiten,
Herüber, 'nüber, hin und her,
Kaum keine Ruhe zu erreiten;
Reit' sieben Tag' und sieben Nacht.
Es blitzt und donnert, stürmt und kracht,
Die Fluten reißen über.

Die Stimmung der Sturm- und Drang-Dichtung leuchtet deutlich auf; die Liebesromanze mit Friederike Brion nahm damals ihren Anfang. Im Laufe des Jahres 1771 unternahm Goethe den wilden Ritt nach Sesenheim einige Male, bis die berühmten Verszeilen an den Tag treten konnten:

Es schlug mein Herz: Geschwind zu Pferde!
Und fort, wild, wie ein Held zur Schlacht.
Der Abend wiegte schon die Erde,
Und an den Bergen hing die Nacht.

Goethes Reiterleben begann aber eigentlich erst mit seiner Übersiedlung nach Weimar Ende des Jahres 1775. Die Initiative, in freier Natur und auf dem Rücken eines Pferdes die Welt zu erkunden, ging vom jungen Weimarer Fürsten Carl August aus. Gerade volljährig geworden, riss er ungestüm seine Entourage, Goethe mittendrin, mit sich. Als Mentor seines Herzogs war Goethe gezwungen, alle Gelegenheiten zu nutzen, seinen Schützling zu mäßigen und auszu-

REITEN

Ich bin keine sechs Stunden geritten, also wie sich's gehört; des Husars Pferd wollte nicht mehr fort gegen das Ende und hinter Bücheloh auch meins nicht mehr. Da kam ich in ein sehr spitzigs Nachtrieseln, das grad vom Wald kam, und traf endlich glücklich betreckt ein.

(Goethe an Herzog Carl August, 4. Mai 1777)

bremsen, aber gleichzeitig die tollsten Ideen seines Herrn mitzutragen, der mit seinem Ungestüm keine Ruhe aufkommen ließ.

Goethe beschrieb das Dilemma später, das ja auch nicht ungefährlich war. Carl August »war damals sehr jung, doch ging es mit uns freilich etwas toll her. Er war wie ein edler Wein, aber noch in gewaltiger Gärung. Er wusste mit seinen Kräften nicht wo hinaus, und wir waren oft sehr nahe am Halsbrechen. Auf Parforcepferden über Hecken, Gräben und durch Flüsse und bergauf, bergein sich tagelang abarbeiten, und dann nachts unter freiem Himmel kampieren; etwa bei einem Feuer im Walde; das war nach seinem Sinne. Ein Herzogtum geerbt zu haben, war ihm nichts, aber hätte er eins erringen, erjagen und erstürmen können, das wäre ihm etwas gewesen.« So weit Goethes realistisches Resümee vom 23. Oktober 1828.

Unmittelbarer, weil zeitnah beschrieb Goethe am 13. Dezember 1781 die Abenteuer des Reiters gegenüber Charlotte von Stein: »Des hin und wieder Fahrens, Schleppens, Laufens ist keine Rast …, wenn die Hast und Hatze vorbei ist und wir wären um eine Provinz reicher, so wollt' ich's loben, da es aber nur auf ein paar zerbrochene Rippen, verschlagene Pferde und einen leeren Beutel angesehen ist, so habe ich nichts damit zu schaffen.« Das ist die nüchterne Beschreibung des Reiterdaseins Goethes am Weimarer Hof.

Erst nach der zweiten Schweizreise von 1779/80 wurde es allmählich ruhiger. Schnellritte etwa zu Unglücken im Lande waren aber auch weiterhin für

Dorfbrand im Thüringischen, Federzeichnung von Johann Wolfgang von Goethe, 1776

den Minister Goethe ein Muss – die Teilnahme an Jagden sowieso. Goethes eigene und alleinige Vorhaben, durchaus nicht ungefährlicher als die Ritte mit dem Herzog, wären ohne das Reiten nicht möglich gewesen, so etwa der beeindruckende Alleinritt im beginnenden Winter 1777 in den Harz, mit dem Goethe erstmals eine Flucht vor der Weimarer Hofluft unternahm.

Silhouette von Johann Wolfgang von Goethe zu Pferde, geschnittener Schattenriss, o. J.

Häufig wurden im Land die Feuerglocken geläutet – Brände waren an der Tagesordnung. Im Juni 1780 – Goethe hielt sich gerade im Schloss Ettersburg auf und diktierte sein Lustspiel »Die Vögel« – brannte es in Großbrembach, einem Dorf wenige Kilometer entfernt von Weimar. Goethe ritt sofort zum Ort der Katastrophe und beteiligte sich selbst an den Löscharbeiten. 70 Häuser fielen dem Feuer zum Opfer, Goethe verbrannte sich die Augenlider, er arbeitete bis Mitternacht, legte sich dann im Wirtshaus nieder und ritt noch nachts zurück nach Ettersburg. Goethe hat solche Schnellritte einmal scherzhaft und fantasievoll beschrieben: »Und wenn ich denke, ich sitze auf meinem Klepper und reite meine pflichtmäßige Station ab, auf einmal kriegt die Mähre unter mir eine herrliche Gestalt, unbezwingliche Lust und Flügel und geht mit mir davon.«

Das Reiten praktizierte Goethe auch in den letzten Reisen nach Böhmen 1823. Während der Sizilienreise zum Beispiel ritt Goethe ca. 450 Kilometer, andere Fortbewegungsmittel zu benutzen war angesichts der Straßenverhältnisse nicht möglich. Gegen das Lebensende löste die Kutsche jedoch das Pferd ab. Goethe besaß lange selbst keine Pferde. Er hatte das Privileg, sich aus dem herzoglichen Marstall bedienen zu dürfen, wo ihm ein bestimmtes Pferd am liebsten war. Überliefert ist, dass der Herzog eine Stute besonders wegen ihrer Treue für seinen Dichter Goethe vorhielt – sie hieß bezeichnenderweise »Poesie«.

Goethes Teilnahme an den herzoglichen militärischen Abenteuern in den 1790er-Jahren wären ohne

Pferd nicht zu bewältigen gewesen. Das betraf etwa das Feldlager in Schlesien, wo sich der Dichter den Aschersiebener Kürassieren anschloss, der militärischen Formation des Weimarer Herzogs. Carl August war ja hoher Offizier in preußischen Diensten. Bei diesen Unternehmungen war Goethe nicht immer vorsichtig. Das sogenannte Kanonenfieber interessierte ihn aus wissenschaftlicher Sicht und so ritt er während der Kanonade von Valmy 1792 in das Feld der einschlagenden Kanonenkugeln hinein – nach seinen eigenen Worten ein »törichter Versuchsritt«. Es glich einem Wunder, dass er aus diesem lebensgefährlichen Wagnis heil herauskam. Die Kanonade von Valmy bildete die Wende in der militärischen Auseinandersetzung zwischen den Koalitionstruppen, zu denen auch Carl Augusts Kürassiere gehörten; die Belagerung von Mainz erlebte Goethe nur noch als Beobachter des Geschehens.

Später wurden Langstreckenritte, wie etwa 1813 nach Dresden und Böhmen, ersetzt durch Fahrten mit der Kutsche; Goethes Stellung als Minister und sein Alter machten diesen allmählichen Wechsel nötig. In seinen Werken spielte das Reiten aber auch fortan eine Rolle. Stolz bekennt er im »West-östlichen Divan«:

> Lasst mich nur auf meinem Sattel gelten!
> Bleibt in euren Hütten, euren Zelten!
> Und ich reite froh in alle Ferne,
> Über meiner Mütze nur die Sterne.

Das Fechten gehört zu den Sportarten, die Goethe bereits im Frankfurter Elternhaus unter den auf-

FECHTEN

Einem armen kleinen Kegel,
Der sich nicht besonders regt,
Hat ein ungeheurer Flegel
Heute grob sich aufgelegt.

Und ich fühlte mich ein Mannsen,
Ich gedachte meiner Pflicht,
Und ich hieb dem langen Hansen
Gleich die Schmarre durch's Gesicht.

(Aus: Rechenschaft, 1808)

Goethe auf dem Kickelhahn bei Ilmenau im Thüringer Wald, Zeichnung von Woldemar Friedrich, um 1900

merksamen Augen des gestrengen Vaters erlernte. In Leipzig hatte er ein Duell auszuhalten und zu überstehen, das aus einer verbalen Auseinandersetzung resultierte; Goethe kam mit einer Streifwunde glimpflich davon. Regelmäßiges Fechttraining unterließ der Student, auch die heraufziehende Lungenkrankheit führte zu einer Unterbrechung der Fechtausbildung. Erst nach der Rückkehr nach Frankfurt kam es zu weiteren Stunden auf dem Fechtboden, die dann in Weimar fortgesetzt wurden. Später fand das Fechten aber fast nur noch in der Dichtung statt. Die berühmteste Stelle ist gewiss der Meuchelmord an Valentin durch Faust. »Ich glaub', der Teufel ficht! Was ist denn das? Schon wird die Hand mir lahm« sind die letzten Worte des Bruders von Gretchen.

Die Anfänge seiner Karriere als Schütze, die bei Goethe vermutlich in den Frankfurter Jahren vor 1770 anzusiedeln sind, liegen im Dunkeln. Nachdem Goethe Ende 1775 nach Weimar gekommen war, wurde er schnell mit dem in Thüringen verbreiteten Vogelschießen und der Jagd konfrontiert. Die große Beliebtheit dieser Tätigkeiten ging auf den jungen Herzog zurück. Aber schon von alters her gab es in der Residenz eine alte Büchsen- und eine noch ältere Armbrustschützengesellschaft. Es gab ein florierendes Schützenhaus, eine Mauer im Park diente als Kugelfang und Schützenstand. Carl August und Goethe waren hier gern gesehene Gäste und Mitschützen. Die »künstliche Ruine«, heute noch Teil der Parkarchitektur, ist ein Rudiment dieser Anlagen, zu denen verschiedene weitere Elemente gehören. Das bekannte Shakespeare-Denkmal, einziges Erinnerungsmal des englischen Klassikers in Europa, rundet heute diese Anlagen ab.

Die Tradition des Vogelschießens war in Weimar nie völlig zum Erliegen gekommen. Deren Beliebtheit hing stark von den Neigungen des gerade herrschenden Fürsten ab. Carl August war immer ein entschiedener Förderer des jährlich stattfindenden Vogelschießens, das wie ein Volksfest begangen wurde – mit Umzug, Böllerschießen und Vergnügungen wie Würfelbuden, Glücksrädern, Pfefferkuchenständen, Feuerwerk, Umtrunk und Festmahl. Den Höhepunkt bildete ein Wettschießen, bei dem auf einen hölzernen Vogel auf einer hohen Stange geschossen und der Gewinner zum städtischen Schützenkönig gekürt wurde. Goethe sah sich im Jahr 1776 sofort in die Aktivitäten des Vogelschießens einbezogen, desgleichen in die zahlreichen Jagdunternehmungen des Herzogs, die sich nicht nur auf den Feldern und in den Wäldern rings um Weimar abspielten, sondern auch rund um die Städte Ilmenau und Stadtilm im Thüringer Wald sowie um Apolda und Jena.

Bei dieser Menge von Schützenereignissen konnten Unfälle nicht ausbleiben. So schrieb Goethe am 15. September 1777 von der Wartburg an Charlotte von Stein, dass das Vogelschießen in Eisenach »dumm geendigt« sei: »Ungefähr auf den fünfzigsten Schuss lag ein Bursche von den Zuschauern auf der Erde, so tot als je einer, und andere verwundet am Arm.« Auch bei den zahlreichen Jagden des Herzogs war Goethe mit von der Partie, allerdings verfolgte der Dichter und Zeichner dabei auch eigene Interessen. Merck erfuhr in einem Brief Goethes vom 24. Juli 1776: »Der Herzog geht auf Hirsche, ich auf Landschaften aus und selbst zur Jagd führ ich mein Portefeuille mit.« Goethes Teilnahme an den Jagdunternehmungen Carl Augusts nahm in den 1780er-Jahren deutlich ab; andere Neigungen traten vor der zweiten Schweizreise und der Italienreise in den Vordergrund.

In der zweiten Lebenshälfte, nach 1800, blieb Goethe mit Jagd und Vogelschießen nur noch in lockerer Verbindung. Goethes Sohn August trat bei entsprechenden gesellschaftlichen Verpflichtungen in die Fußstapfen des Vaters. Der blieb aber bei herausragenden Ereignissen präsent, etwa bei der Planung und Realisierung eines neuen Schieß- und Schützenhauses in den 1820er-Jahren, das noch heute existiert. An Friedrich Rochlitz schrieb der Hochbetagte: »Handle besonnen, ist die praktische Seite von: Erkenne dich selbst. Beides darf weder als Gesetz noch als Forderung betrachtet werden; es ist aufgestellt wie das Schwarze der Scheibe, das man immer auf dem Korn haben muss, wenn man es auch nicht immer trifft.«

Schwimmer und Eisläufer

Anders als das Tanzen, Fechten, Schießen und Reiten wurde das Schwimmen erst zur Zeit Goethes populär; er selbst trug wesentlich dazu bei, ja spielte eine Vorreiterrolle in seinen Wirkungskreisen. Das erste Schwimmbüchlein verfasste 1798 Johann Christoph Friedrich GutsMuths. Friedrich Ludwig Jahn, der Turnvater, errichtete 1811 in der Berliner Hasenheide eine von Friedrich Friesen verwaltete Badehütte. Die erste deutsche Schwimmanstalt wurde 1817 in Ber-

Friedrich Ludwig Jahn, Lithografie von R. Loeszk nach Bildnis um 1846, o.J.

lin auf der Oberspree durch den preußischen General von Pfuel angelegt. Goethe kannte diesen Offizier, er war ihm 1810 in Böhmen vorgestellt worden.

Der Dichter war allen Entwicklungen auf dem Gebiet des Schwimmens voraus. Erste diesbezügli-

Johann Christoph Friedrich GutsMuths, o. J.

che Aktivitäten sind bereits aus der Frankfurter Zeit überliefert. 1773 berichtete er aus Bad Ems, dass, vom Laufen erhitzt, er »einige Male des sanften Bades genoss«. Schwimmen im heutigen Sinne konnte er vermutlich noch nicht.

Weitere Nachrichten stammen von der Schweizreise 1773. In Darmstadt badeten die mitreisenden Freunde, der Graf Haugwitz und die beiden Brüder Stolberg, unter freiem Himmel und am hellen Tag. Besonders das Nacktbaden der Freunde in einem Teich verletzte das Moralgefühl der zuschauenden Zeitgenossen und erregte sie bis zur Weißglut. »Die heiß genarturten und sich immer mehr erhitzenden Freunde suchten Labsal in diesem Weiher; nackte Jünglinge bei hellem Sonnenschein zu sehen, mochte wohl in dieser Gegend als etwas Besonderes erscheinen; es gab Skandal auf alle Fälle«, beschrieb Goethe später die Szene. Dass die Stolbergs wie auch Goethe nicht schwimmen konnten, wird im Zusammenhang mit der Schweizreise berichtet, aber Goethe übte in Zürich weiter und scheint dabei – anders als die Grafen – gute Fortschritte gemacht zu haben.

Goethes regelmäßige Schwimmfreuden setzten dann in Weimar ein. Der Dichter hatte mit dem Flüsschen Ilm eine eigene Badeanstalt im Park vor der Haustür. In der kalten und gleichermaßen in der warmen Jahreszeit, früh am Morgen oder in der Nacht, so verraten viele Tagebuchnotizen, wurde gebadet und geschwommen. Es ging um Naturversenkung ebenso wie um Abhärtung und Selbstzucht.

Auch das systematische Erlernen des Schwimmens stand nun auf der Tagesordnung. 1777 konstruierte er ein Schwimmwams ähnlich den heutigen »Schwimmflügeln«. Überhaupt war das Schwimmen in dieser Zeit Teil des ländlichen Freizeitlebens nach dem Vorbild Jean-Jacques Rousseaus. Das Gartenhaus im Weimarer Park, der seine heutige Form erst

Winterliche Mondnacht am Schwansee, Kreidezeichnung von Johann Wolfgang von Goethe, um 1777/78

später erhielt, bildete die Kulisse für dieses luftige Dasein. Begeisterte Verse begleiteten die sportlichen Übungen:

> Alles geben die Götter, die unendlichen,
> Ihren Lieblingen ganz,
> Alle Freuden, die unendlichen,
> Alle Schmerzen, die unendlichen, Ganz.

Eisfahrt auf den Schwanseewiesen, Gemälde von Ernst Christian Johann Preller, 1824

Und an die Gräfin Stolberg schrieb er am 17. Juli 1777: »So sang ich neulich, als ich tief in einer herrlichen Mondnacht aus dem Flusse stieg, der vor meinem Garten durch die Wiesen fließt.« Selbst winterliche Freuden, im frischen Schnee des Novembers, hat der Schwimmbegeisterte mit seinen Späßen gekrönt, sehr zum Erstaunen der gaffenden Zeitgenossen: Es ist überliefert, dass der nackte Dichter und Minister sich im Gesträuch versteckte, um herankommende Spaziergänger zu erschrecken. Wenige, darunter der Urfreund Carl Ludwig Knebel, wagten es, sich ihm anzuschließen und in die winterlichen Fluten zu steigen. Auch dem Nacktbaden scheint er ab und zu gefrönt zu haben. Bis ins hohe Alter badete Goethe immer wieder, wobei es ihm vor allem um den Aspekt des Gesundbrunnens ging. Das Schwimmen blieb bis ins hohe Alter eine der wichtigsten sportlichen Betätigungen des Dichters.

Den Eislauf betrieb Goethe schon in den Frankfurter Jahren mit uneingeschränkter Hingabe. Von Übung, Nachdenken und Beharrlichkeit war bei ihm die Rede – nichts anderes umschreiben diese Begriffe als das moderne Training. Eine der frühesten Anekdoten aus diesem Kontext überlieferte Goethe selbst: »Ein sehr harter Winter hatte den Main völlig mit Eis bedeckt und in einen festen Boden verwandelt. Der lebhafteste, notwendige und lustig-gesellige Verkehr regte sich auf dem Eise. Grenzenlose Schrittschuhbahnen, glatt gefrorene weite Flächen wimmelten von bewegter Versammlung. Ich fehlte nicht«, so Goethe, »vom frühen Morgen an und war also, wie späterhin

WINTERFREUDEN

Bei uns ist der Winter sehr geschäftig und tätig vergangen fürs amusement; weil ich zu der lustigen Bande mich gesellig und alle Auszüge mitmachte, habe ich wenig vernünftige Zeit verwendet und es ist mir nur lieb, dass all die verlarvten plaisirs zu Ende sind. Die letzten Vergnügen dieses Winters waren die schönsten: die Eis-Wiese wurde angelassen, der Herzog gab 10 oder 12 Tage lang, die der Frost dauerte, immer déjeuner im kleinen Häuschen und sah es gerne, wenn man hinkam. Wir fuhren im Schlitten herum und die fête wurde immer also beschlossen: In der Mitte des Teichs wurde eine Stange gesetzt. Ringe daran gehängt. Jeder Herr nahm eine Dame im Schlitten, sie hatte eine Lanze, mit der sie den Ring fangen tät, indes der Herr so schnell als möglich darunter weg fuhr. Die den Ring bekam, fuhr voran, es war charmant. Keine Lorgnettendame war dabei.

(Sophie von Schardt an Fritz von Stein, 17. März 1796)

meine Mutter, dem Schauspiel zuzusehen, angefahren kam, als leicht bekleidet wirklich durchgefroren. Sie saß im Wagen in ihrem roten Sammetpelze, der auf der Brust mit starken goldenen Schnüren und Quasten zusammengehalten, ganz stattlich aussah. Geben Sie mir, liebe Mutter, Ihren Pelz! rief ich aus dem Stegreife, ohne mich weiter besonnen zu haben, mich friert grimmig. Auch sie bedachte nichts weiter; im Augenblick hatte ich den Pelz an, der, pupurfarb, bis an die Waden reichend, mit Zobel verbrämt, mit Gold geschmückt, zu der braunen Pelzmütze, die ich trug, gar nicht übel kleidete. So fuhr ich sorglos auf und ab; auch war das Gedränge so groß, dass man die seltene Erscheinung nicht einmal sonderlich bemerkte, obschon einigermaßen: Denn man rechnete mir sie später unter meinen Anomalien im Ernst und Scherze wohl einmal wieder vor.«

Goethes Eislauffreuden umspannen den Zeitraum eines Vierteljahrhunderts, denn der Dichter pflegte dieses Vergnügen bis etwa zur Jahrhundertwende, auf der Ilm und dem sogenannten Schwansee. Danach wurde das Eislaufen allmählich ersetzt durch das Schlittenfahren. Das Herumtollen auf dem oft unsicheren Eis steckte Goethe souverän weg – die Gefahr negierte er. Aus einem Brief vom 7. Januar 1774 an Johanna Fahlmer erfährt man von einem nicht ungefährlichen Abenteuer: »Heut war Eishochzeitstag! Es musste gehen, es krachte, und bog sich, und quoll, und finaliter brachs, und der Herr Ritter pattelten sich heraus wie eine Sau.« Die Unbedenklichkeit des Genies, das sich im Schutz der Götter wähnte, zeigt sich hier deutlich.

Als Goethe Anfang November 1774 in Weimar eintraf, nahm er – allen Widerständen des alten Hofes und der alteingesessenen Beamten zum Trotz – das Heft des Handelns sofort in die Hand: Leibesübungen waren an der Tagesordnung. Den Lieblingssport bildete das Schrittschuhlaufen, das sonst den unteren Ständen vorbehalten war. Der junge Herzog Carl August unterstützte und finanzierte die Einrichtung eines bescheidenen Bretterhäuschens am Teich im Baumgarten, und jeder der Honoratioren hatte das Recht, hinzugehen und es zu nutzen. Reste der damaligen Anlagen gehören heute zum Weimarhallenpark und zum Schwansee. Dem Beispiel Goethes und des Hofes folgten alle, die nicht ausgeschlossen bleiben wollten. Sogar Herder, der Freund Goethes und höchste geistliche Beamte des Herzogtums, war mit von der Partie. Er galt als scharfer Reiter und soll nach der Predigt zunächst dreimal um die Kirche herumgaloppiert sein, um seinen Bewegungsdrang auszuleben – sehr zum Erstaunen der Kirchgemeinde, die schon einen schrittschuhlaufenden Hofmarschall, Hofprediger und Oberkonsistorialrat kaum verkraften konnte. Treue Eisläufer und Begleiter waren neben dem Herzog der Urfreund Knebel und weitere Beamte des Hofes. Knebel z. B. brachte auch seiner Frau Luise das Eislaufen in aller Öffentlichkeit bei, was zusätzlich zur Popularität dieser Sportart beitrug. Die Eisbahn blieb in den folgenden Jahren und Jahrzehnten ein Mittelpunkt der winterlichen Geselligkeit. Ende des Jahrhunderts schrieb Goethe das sogenannte Eislaufgedicht, in dem der Dichter seine Erfahrungen und Freuden mit diesem Sport zum Ausdruck brachte: Unter der Überschrift »Winter« steht u. a.

Wahrlich, es scheint nur ein Traum!
Bedeutende Bilder des Lebens
Schweben, lieblich und ernst, über die
Fläche dahin. ...
Eingefroren sahen wir so Jahrhunderte
starren,
Menschengefühl und Vernunft schlich nur
verborgen am Grund.

Bergsteiger und Luftfahrer

Goethes Rolle als Bergsteiger ist einmalig. Nur sein Freund und Mitstreiter Alexander von Humboldt hatte im Laufe seines Forscherlebens höhere und steilere Berge bestiegen – etwa bei der Süd- und Mittelamerikareise ab 1799. Die erste Begegnung Goethes mit dem Hochgebirge erfolgte während der ersten Schweizreise 1775. In einer sehr aufgewühlten persönlichen Situation – so u. a. das ungeklärte Verhältnis zur Verlobten Lili Schönemann – trat der Stadtmensch Goethe dem Hochgebirge entgegen. Die wohltuende Wirkung dieser Reise kann kaum höher bewertet werden – sie glich einer inneren Befreiung. Der Beginn eines Briefs, »In freier Luft!«, lässt das Aufatmen hören. An anderer Stelle heißt es, dass die Bewegung an frischer Bergluft, Reiten und Fahren durch nichts ersetzt werden könne. Und im Tagebuch wird jubiliert: »Sauwohl und Projekte«, »ominose Überfüllung des Glases. Projekte, Pläne und Aussichten«. Der erste Anblick der Alpen hatte

**Scheideblick nach Italien vom Gotthard,
Grafitzeichnung von Johann Wolfgang von Goethe, o. J.**

Goethe tief beeindruckt. Er beschrieb sie als »allmächtig schröcklich«. Das Tagebuch verrät, dass er dem mächtigen Landschaftserlebnis sprachlos und wie betäubt gegenüberstand. Er war zunächst unfähig, sich den Bergen zeichnerisch zu nähern.

Der zweite Teil der Reise erfolgte mit dem Jugendgenossen Passavant. Die beiden Bergneulinge wollten gemeinsam die Höhen um den Zürichsee ersteigen. In Schaffhausen bewunderten sie den Rheinfall, den

Brocken im Mondlicht, Kohlezeichnung von Johann Wolfgang von Goethe, o.J.

Anna Amalia Herzogin von Sachsen-Weimar-Eisenach, Silhouette, um 1785

»mächtigen Bergsturz«, und von Richterswil aus begann später die Fußwanderung in Richtung Schwyz. Kurz vor dem Ziel war eine unwegsame Strecke zu bewältigen. »Nach kurzer Rast, frisch und mit mutwilliger Behendigkeit, sprangen wir den von Klippe zu Klippe, von Platte zu Platte in die Tiefe sich stürzenden Fußpfad hinab und gelangten um zehn Uhr nach Schwyz. Wir waren zugleich müde und munter geworden, hinfällig und aufgeregt; wir löschten gähling unsern heftigen Durst und fühlten uns noch mehr begeistert.« Der Aufstieg zum Rigi und dann zum St. Gotthard endete im Juni 1775. Es sollten sich noch weitere Besteigungen dieses symbolträchtigen Berges anschließen – er war das Sprungbrett nach Italien. Jetzt freilich noch nicht. Goethe fühlte sich noch nicht reif genug, den großen Schritt zu wagen.

Am 22. Juli kehrten die Bergsteiger aus Zürich nach Frankfurt zurück. »Von meiner Reise in die Schweiz hat die Zirkulation meiner kleinen Individualität viel gewonnen«, schrieb er an die Weimarer Herzogin Anna Amalia. Und weiter: »Mir ist's wohl, dass ich ein Land kenne, wie die Schweiz ist.«

Die Wiederholung der Wanderung zum St. Gotthard erfolgte vier Jahre später, 1779, diesmal in Begleitung des Herzogs Carl August, dessen körperliche Entwicklung und Reife durch diese Tour abgeschlossen werden sollte. Diesmal freilich musste Goethe vorsichtig sein, das Wohl und Wehe eines Reichsfürsten lag in seinen Händen. Carl August war immer noch tollkühn und leichtsinnig in seinen spontanen Entschlüssen. In seinem Tagebuch hat der Mentor Goethe verschiedene dieser brenzligen

Carl August und Goethe auf dem Faulhorn während der zweiten Schweizreise, Holzstich nach Zeichnung von Theobald von Oer (um 1860)

Situationen festgehalten, die auch durch die jahreszeitliche Nähe des Winters verursacht wurden: »Enger das Tal. Ängste. Stimmung. Verfl. Gefühl des Entenfangs ... Fatale Ahndungen. Erinnerung. Enge. Böses Gefühl, dass man im Sack stickt. Hoffnung und Vertrauen.«

Am 13. November erreichte die kleine Truppe den Gipfel des St. Gotthard. Goethe fiel ein Stein vom Herzen. Nach zwei Tagen begann der Abstieg. Der Verlockung, nach Italien hinunterzuziehen, hatte man erneut widerstanden. Ende des Monats November, während des Rückwegs, begann bereits die Phase des Bilanzierens. Am 13. Januar 1780 zog die kleine Reisegesellschaft um Carl August wieder in Weimar ein. Der Bergsteiger Goethe wurde überschwänglich gelobt. »Jedermann ist mit dem Herzog sehr zufrieden, preist und lobt, und die Reise ist ein Meisterstück! Eine Epopee.«

Mehrfach bestieg Goethe in den 1780er-Jahren den Brocken im Harz und war dort ganz in seinem Element als Kletterer. Noch aufregender aber waren die Besteigungen von Vesuv und Ätna während der Italienreise 1787. Die erste Besteigung des Vesuvs wagte Goethe am 2. März 1787. Mithilfe eines jungen, kräftigen und ortskundigen Führers schaffte es der »moderne Tourist«, die letzten Meter bis an den Kraterrand des feuerspeienden Berges zu bewältigen und einen Blick in den Höllenschlund zu werfen – ein Wagnis, das an Leichtsinn kaum zu übertreffen war. Goethes eigene Erklärung für sein unbedachtes Verhalten klingt reichlich fadenscheinig: »Doch muss ich euch nicht, weder im Traume noch im Wachen«,

Ja wäre nur ein Zaubermantel mein!
Und trüg er mich in fremde Länder,
Mir sollt er um die köstlichsten Gewänder,
Nicht feil um einen Königsmantel sein.

(Goethe, Faust I, Vers 1122–1125)

Nächtlicher Vesuvausbruch, Federzeichnung mit Tusche und Aquarellfarben von Johann Wolfgang von Goethe (1787)

schrieb er abwiegelnd nach Weimar, »um Gefahr umgeben erscheinen; seid versichert, da wo ich gehe, ist nicht mehr Gefahr als auf der Chaussee nach Belvedere. Die Erde ist überall des Herrn! kann man wohl bei dieser Gelegenheit sagen.« Dann folgt die Kernaussage: »Ich suche keine Abenteuer aus Vorwitz noch Sonderbarkeit, aber weil ich meist klar bin und dem Gegenstand bald seine Eigentümlichkeit abgewinne, so kann ich mehr tun und wagen als ein anderer.« Diese Schutzbehauptungen erklären zumindest teilweise die auffallende Risikobereitschaft, die Goethe auch später, im Krieg 1792 und 1793, an den Tag legte.

Am 5. Mai 1787 wagte es der Bergsteiger Goethe, den Ätna bis Monte Rosso zusammen mit seinem Reisebegleiter Kniep zu besteigen. Der auf der Höhe herrschende gewaltige Sturm erzwang schließlich den Abbruch des Unternehmens. »Als ich ganz betäubt wieder herunterkam, hatte Kniep im Schauer seine Zeit gut angewendet und mit zarten Linien auf dem Papier gesichert, was der wilde Sturm mich kaum sehen, viel weniger festhalten ließ.« Höhere Berge hat Goethe in den folgenden Jahren nicht mehr bestiegen. Allerdings verfolgte er sehr intensiv die Berichte, die z. B. Alexander von Humboldt über seine Mittelamerikareisen veröffentlichte. Humboldt hatte unter anderen den Chimborazo bestiegen, den mit 6268 Metern höchsten Berg Mittelamerikas.

In der zweiten Hälfte seines Lebens war Goethe nur noch mit den böhmischen und Thüringer Bergen konfrontiert. Die Erfahrung des Hochgebirges

Wir breiten nur den Mantel aus,
Der soll uns durch die Lüfte tragen.
Du nimmst bei diesem kühnen Schritt
Nur keinen großen Bündel mit.
Ein bisschen Feuerluft, die ich bereiten werde,
Hebt uns behend von dieser Erde.
Und sind wir leicht, so geht es schnell hinauf;
Ich gratuliere dir zum neuen Lebenslauf.

(Goethe, Faust I, Vers 2065–2072)

hat Goethe in der »Faust«-Dichtung verarbeitet. Im 4. Akt des 2. Teils (II, 4; Vs. 1095) spricht Faust zum Beispiel:

> Gebirgsmasse bleibt mir edel-stumm,
> Ich frage nicht woher und nicht warum?
> Als die Natur sich in sich selbst gegründet,
> Da hat sie rein den Erdball abgeründet,
> Der Gipfel sich, der Schluchten sich erfreut,
> Und Fels an Fels und Berg an Berg gereiht;

»Immer noch ist das Fliegen ein vergleichbarer Wunsch, eine eitle Bemühung gewesen«, schrieb Goethe nach der zweiten Schweizreise in der Satire »Die Vögel«. Im August 1783 hatte Goethe gespannt und neugierig die Versuche verfolgt, die die Brüder Joseph und Etienne Montgolfier in Paris unternahmen, indem sie einen luftdichten Ballon mit erhitzter Luft aufsteigen ließen. Einen Freiflug galt es zu bewältigen, wobei in der Gondel ein Hahn, ein Hammel und eine Ente durch das Luftreich flogen. Goethe erkannte sofort die weitreichenden Folgen dieser epochalen Erfindung und versuchte umgehend, mit bekannten Gelehrten und Praktikern die Experimente nachzuvollziehen.

Der Naturforscher Sömmering in Kassel und der Weimarer Apotheker Buchholz taten sich mit ihm zusammen. Herzog Carl August ließ sich von Goethe begeistern, Versuche in Weimar zu starten, zunächst freilich ohne Erfolg. Goethe schrieb an Knebel ebenso enttäuscht wie realistisch: »Buchholz peinigt vergebens die Lüfte, die Kugeln wollen nicht steigen.

Joseph-Michel de Montgolfier

Jacques-Etienne de Montgolfier

Eine hat sich einmal gleichsam aus Bosheit bis an die Decke gehoben und nun nicht wieder.« Und dann heißt es in Goethes Schreiben: »Ich habe nun selbst in meinem Herzen beschlossen, Stille anzugehen, und hoffe auf die Montgolfiers Art eine ungeheure Kugel gewiss in die Luft zu jagen. Freilich sind viele Accidenz zu befürchten. Selbst von den drei Versuchen Montgolfs ist keiner vollkommen reüssiert.«

Neben Goethe und dem Weimarer Herzog zählte Wieland zu den begeisterten Weimarer Luftfahrern. Im Aufsatz »Die Aeropetomanie oder die neuesten Schritte der Franzosen zur Kunst zu fliegen«, den Wieland im »Teutschen Merkur« 1783 veröffentlichte, wurde das hochspannende Vorhaben beschrieben und zum Teil von viel Häme und Spott begleitet.

Der erste bemannte Flug der Geschichte fand am 21. November 1783 im Schloss zu Versailles statt. Zwei Franzosen stiegen zunächst in einer Montgolfiere auf und hielten sich ca. 25 Minuten schwebend in der Luft. Bei einem zweiten freien Flug in 1000 Metern Höhe mussten in der Gondel Stroh und Wolle verbrannt werden, um die Höhe zu halten. Ein dritter französischer Forscher stieg am 1. Dezember 1783 mit einem Begleiter in einem Wasserstoffballon auf und erreichte eine Höhe von 2000 Metern und bewältigte einen Fernflug von 70 Kilometern. Mit Ballast und Ventilen ließ sich der Flugkörper steuern – damit begann das Zeitalter des Fliegens.

Goethe, der das alles von Thüringen aus verfolgte und studierte, konnte selbst keinen eigenen erfolgreichen Flugversuch verbuchen. Er begriff, dass er eine große Chance verspielt hatte, und bekannte:

Die Luftballone werden entdeckt,
Wie nahe ich dieser Entdeckung gewesen,
Einiger Verdruss, es nicht selbst entdeckt
zu haben.

Goethe ist auch in den Jahren 1784 und 1785 noch mehrfach Augenzeuge von Flugversuchen in Jena und Weimar gewesen. Zu einem Demonstrationsflug in Frankfurt am Main schickte er sogar den Sohn Charlottes, Fritz von Stein, zum Ort des Geschehens, um sich dann detailliert berichten zu lassen. Zahlreiche Spuren der beginnenden Luftfahrt finden sich in Goethes Werken. Die Gewissheit, Zeitgenosse der Erfindung einer weltbewegenden Technik gewesen zu sein, erfüllte Goethe mit Begeisterung und Optimismus, was den Fortgang des Fliegens durch den Menschen betraf. In einem Motto aus den Schriften zur Naturwissenschaft schrieb er den stolzen Satz: »Auch wir sind Völker des Luftmeeres.«

Vorbild und Prophet

Goethe kann durchaus als Sportsmann im modernen Sinne bezeichnet werden. Wie so vieles hat er auch die wachsende Rolle von Sport und Körperertüchtigung vorausgesehen. Gegenüber Johann Peter Eckermann äußerte er folgenden Gedanken: »Hätte ich nicht die Welt durch Antizipation bereits in mir getragen, ich wäre mit sehenden Augen blind geblieben.« Deswegen findet man in seinen Werken in Fülle die Wanderbewegung, Volkstanzkreise, Kletterer, Ruderer, Schwimmer im Sommer und im Winter Eisläufer und Schlittenfahrer. Sein Sport-

Weit, hoch, herrlich der Blick
Rings ins Leben hinein,
Vom Gebirg zum Gebirg
Schwebet der ewige Geist.
Ewigen Lebens ahndevoll.

(Goethe, An Schwager Kronos)

EXPRIENCE AROSTATIQUE
XPERIENCE AEROSTATIQUE Faite a Versailles le 19 Sept 1783 en presence de leurs Majestes de la Famille Royale

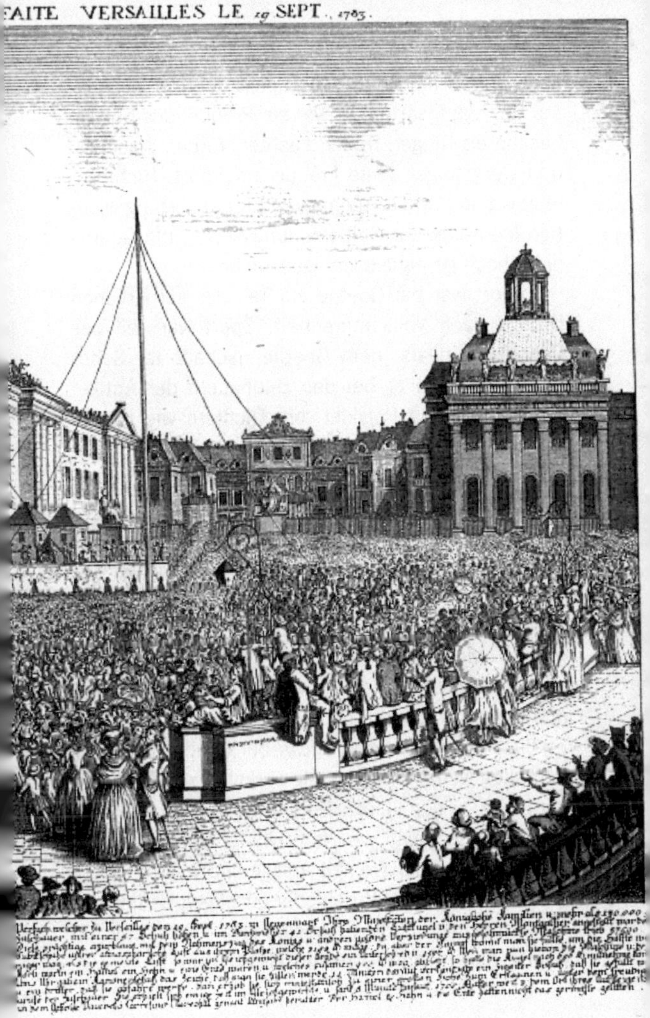

Montgolfiers Ballonfahrt bei Versailles am 19. September 1783, Kupferstich, o. J.

kanon umfasste ein breites Spektrum aller denkbaren Bewegungsarten. Er war ein Prophet des Sports, besang als Ringer, Reiter, Fechter, Turner, Wanderer und Bergsteiger seine Freude am Sport. Nicht zuletzt waren Körperertüchtigung und Abhärtung wichtige Momente der Selbstheilungskräfte, die Goethe nicht hoch genug einschätzen wollte.

Sport war bei Goethe ein Teil des körperlichen Drangs nach Vollkommenheit. Sport war Teil des Schönheitsideals, dem Goethe nacheiferte. Schöne Körper fand er bei den Bildhauern der Antike, bei Phidias und Polyklet, bei Dichtern wie Homer und Phidias. Sport mündete bei Goethe direkt in die Kunstpflege.

Wichtig scheint ein Gedanke, den Goethe gegenüber Eckermann am 11. März 1828 äußerte: »Es liegen ... produktiv machende ... Kräfte ... in der Bewegung, es liegen solche Kräfte im Wasser und ganz besonders in der Atmosphäre. Die frische Luft des freien Feldes ist der eigentliche Ort, wo wir hingehören; es ist, als ob der Geist Gottes dort den Menschen unmittelbarer anwehe und eine göttliche Kraft ihren Einfluss ausübe.« Sport muss bei Goethe naturnah betrieben werden, regelmäßig und intensiv. Er ist Teil der Natur. In den »Maximen und Reflexionen« formulierte er: »Im Reich der Natur waltet Bewegung und Tat, im Reiche der Freiheit Anlage und Willen. Bewegung ist ewig und tritt bei jeder günstigen Bedingung unwiderstehlich in die Erscheinungen.« Sport war für Goethe also nichts Geringeres als Freiheit!

Du stehst mit unerforschtem Busen
Geheimnisvoll offenbar
Über der erstaunten Welt,
Und schaust aus Wolken
Auf ihre Reiche und Herrlichkeit,
Die du aus den Adern deiner Brüder
Neben dir wässerst.

(Goethe, Harzreise im Winter)

KALENDARIUM

1. SAMSTAG I NEUJAHR

Wir hoffen immer, und in allen Dingen
Ist besser hoffen als verzweifeln. Denn
Wer kann das Mögliche berechnen?

2. SONNTAG

Wem es aber bitterer Ernst ist mit dem Leben, der kann kein Humorist sein.

3. MONTAG

Die erste Zeit, da uns selbst die Idee noch neu ist, geht immer alles frischer und besser.

4. DIENSTAG

Die Jugend verwundert sich sehr,
Wenn Fehler zum Nachteil gedeihen:
Sie fasst sich, sie denkt zu bereuen;
Im Alter erstaunt und bereut man nicht mehr.

5. MITTWOCH

Dein Los ist gefallen, verfolge die Weise,
Der Weg ist begonnen, vollende die Reise:
Denn Sorgen und Kummer verändern es nicht,
Sie schleudern dich ewig aus gleichem Gewicht.

6. DONNERSTAG I HEILIGE DREI KÖNIGE

Es ist gut, dass man einmal alles tue, was man tun kann, um die Ehre zu haben, sich näher kennenzulernen.

7. FREITAG

Ein Kranz ist gar viel leichter binden,
Als ihm ein würdig Haupt zu finden.

8. SAMSTAG

Über Wetter- und Herren-Launen
Runzle niemals die Augenbraunen:
Und bei den Grillen der hübschen Frauen
Musst du immer vergnüglich schauen.

9. SONNTAG

Dem Klugen kommt das Leben leicht vor, wenn dem Toren schwer, und oft dem Klugen schwer, dem Toren leicht.

10. MONTAG

Fahrt nur fort, nach eurer Weise
Die Welt zu überspinnen!
Ich in meinem lebendigen Kreise
Weiß das Leben zu gewinnen.

11. DIENSTAG

Alles, was der Mensch natürlich frei ausspricht, sind Lebensbezüge …

12. MITTWOCH

Macht uns nicht die Liebe reich?
Halt ich dich in meinen Armen,
Jedem Glück ist meines gleich.

13. DONNERSTAG

Der Jüngling kämpft, damit der Greis genieße.

14. FREITAG

Gewisse Mängel sind notwendig zum Dasein des Einzelnen. Es würde uns unangenehm sein, wenn alte Freunde gewisse Eigenheiten ablegten.

15. SAMSTAG

Wären die Menschen en masse nicht so erbärmlich, so hätten die Philosophen nicht nötig, im Gegensatz so absurd zu sein.

16. SONNTAG
Die Menschen sind als Organe ihres Jahrhunderts zu sehen, die sich meist unbewusst bewegen.

17. MONTAG
Ferner wird ein junger Mann, wo nicht gerade an sich selbst, doch an andern bald gewahr, dass moralische Epochen ebenso gut wie die Jahreszeiten wechseln.

18. DIENSTAG
Wer kennt den Schelm in tiefer Nacht genau?
Schwarz sind die Kühe, so die Katzen grau.

19. MITTWOCH
Wir mögen an der Natur beobachten, messen, rechnen, wägen usw., wie wir wollen, es ist doch nur unser Maß und Gewicht, wie der Mensch das Maß der Dinge ist.

20. DONNERSTAG | 209. TODESTAG WIELANDS
Die ganze Natur ist eine Melodie, in der eine tiefe Harmonie verborgen ist.

21. FREITAG
Die Fantasie, in ihrem höchsten Flug,
Sie strengt sich und tut sich nie genug.
Doch fassen Geister, würdig, tief zu schauen,
Zum Grenzenlosen grenzenlos Vertrauen.

22. SAMSTAG
Doch den lasst nicht zu euch herein,
Der andern schadet, um etwas zu sein.

23. SONNTAG

Jeder prüfe sich, und er wird finden, dass dies viel schwerer sei, als man denken möchte.

24. MONTAG

Deswegen ist es so schwer, Rat zu pflegen, besonders mit der Menge, die im Täglichen ganz verständig ist, aber selten weiter sieht als auf morgen.

25. DIENSTAG

Wenn ich dumm bin, lassen sie mich gelten;
Wenn ich Recht habe, wollen sie mich schelten.

26. MITTWOCH

Ich bin recht still und rein und, wie ich euch schon versichert habe, jedem Ruf bereit und ergeben.

27. DONNERSTAG

Warum plagen wir einer den andern? Das
Leben zerrinnet,
Und es versammelt uns nur einmal wie heute
die Zeit.

28. FREITAG

Musst nicht widerstehn dem Schicksal,
Aber musst es auch nicht fliehen!
Wirst du ihm entgegengehen,
Wird's dich freundlich nach sich ziehen.

29. SONNTAG

Schwache passen an keinen Platz in der Welt, sie müssten denn Spitzbuben sein.

30. SAMSTAG

Ach, dass die innre Schöpfungskraft
Durch meinen Sinn erschölle!
Dass eine Bildung voller Saft
Aus meinen Fingern quölle!

31. MONTAG

Der Mensch sehnt sich ewig nach dem, was er nicht ist.

1. DIENSTAG

Und das große Selbstempfinden
Haben Leute hart gescholten,
Die am wenigsten verwinden,
Wenn die andern was gegolten.

2. MITTWOCH

Alles verdient Reim und Fleiß,
wenn man es recht zu sondern weiß.

3. DONNERSTAG

Meine Hauptlehre aber ist vorläufig diese: Der Vater sorge für sein Heim, der Handwerker für seine Kunden, der Geistliche für gegenseitige Liebe, und die Polizei störe die Freude nicht.

4. FREITAG

Ihr wollet meiner spotten:
Denn, ist der Fisch gesotten,
Was hilft es, dass die Quelle fließt!

5. SAMSTAG

Und doch ist nichts so flüchtig, das nicht eine Spur, das nicht seinesgleichen zurücklasse.

6. SONNTAG

Was hilft dem Menschengeist Verstand,
Dem Herzen Güte, Willigkeit der Hand,
Wenn fieberhaft durchaus im Staate wütet
Und Übel sich in Übeln überbrütet?

7. MONTAG

Es schadet nichts, wenn Starke sich verstärken.

8. DIENSTAG

Du musst steigen oder sinken,
Du musst herrschen und gewinnen,
Oder dienen und verlieren,
Leiden oder triumphieren,
Amboss oder Hammer sein.

9. MITTWOCH

Eine freie Seele, wie die seine, kommt in Gefahr, frech zu werden, wenn nicht ein edles Wohlwollen das sittliche Gleichgewicht herstellt.

10. DONNERSTAG

»Ich bin über die Wurzeln des Baums gestolpert, den ich gepflanzt hatte.« Das muss ein alter Forstmann gewesen sein, der dies gesagt hat.

11. FREITAG

Wer streiten will, muss sich hüten, bei dieser Gelegenheit Sachen zu sagen, die ihm niemand streitig macht.

12. SAMSTAG

Doch ist der Tag so lang, dass er sich ohne nützliche Beschäftigung nicht hinbringen lässt…

13. SONNTAG
Große Talente sind das schönste Versöhnungsmittel.

14. MONTAG
Es sind nur wenige, die den Sinn haben und zugleich zur Tat fähig sind.

15. DIENSTAG
Jedermann beklagt sich über die äußerste Teuerung und fährt doch fort, Geld auszugeben und den Luxus zu vermehren, über den er sich beschwert.

16. MITTWOCH
Ein Titel und ein Orden hält im Gedränge manchen Puff ab.

17. DONNERSTAG
Es ist eine entsetzliche Sekkatur, andere toll zu sehen, wenn man nicht selbst angesteckt ist.

18. FREITAG
Die Träne hat uns die Natur verliehen,
Den Schrei des Schmerzens, wenn der Mann zuletzt
Es nicht mehr trägt.

19. SAMSTAG
Denn wir merken erst, wie traurig und unangenehm ein trüber Tag ist, wenn ein einziger durchdringender Sonnenblick uns den aufmunternden Glanz einer heitern Stunde darstellt.

20. SONNTAG

Jeder Morgen ruft zu: das Gehörige zu tun und das Mögliche zu erwarten.

21. MONTAG

Es werden die Sachen
Nicht durch Übereilung gebessert.

22. DIENSTAG

Der Umgang mit Großen ist immer dem vorteilhaft, der ihrer mit Maß zu brauchen weiß.

23. MITTWOCH

Vom Reinen lässt das Schicksal sich versöhnen,
Und alles löst sich auf im Guten und im Schönen.

24. DONNERSTAG

Sage mir, mit wem du umgehst, so sage ich dir, wer du bist; weiß ich, womit du dich beschäftigst, so weiß ich, was aus dir werden kann.

25. FREITAG

Ungleich erscheint im Leben viel, doch bald
Und unerwartet ist es ausgeglichen.

26. SAMSTAG

Kein tüchtiger Mensch lässt seiner Brust den Glauben
an Unsterblichkeit rauben.

27. SONNTAG

Wir leben innerhalb der abgeleiteten Erscheinungen und wissen keineswegs, wie wir zur Urfrage kommen sollen.

28. MONTAG I ROSENMONTAG

Das Leben ist kurz, man muss sich einander einen Spaß zu machen suchen.

1. DIENSTAG I FASTNACHT
Als wenn ich auf den Maskenball käme
Und gleich die Larve vom Angesicht nähme.

2. MITTWOCH I ASCHERMITTWOCH
Das Unzulängliche,
Hier wird's Ereignis.

3. DONNERSTAG
Man lasse sich nur nicht irren, suche vielmehr das eigene Urteil immer mehr zu bestätigen, in sich zu befestigen.

4. FREITAG
Da, wo wir lieben,
Ist Vaterland,
Wo wir genießen,
Ist Hof und Haus.

5. SAMSTAG
Wenn auch der Held sich selbst genug ist,
Verbunden geht es doch geschwinder …

6. SONNTAG
Denn höher vermag sich niemand zu heben, als wenn er vergibt.

7. MONTAG
Ein irdischer Verlust ist zu bejammern,
Ein geistiger treibt zur Verzweiflung hin.

8. DIENSTAG | FRAUENTAG
Ein Vermummter, der kenntlich ist, spielt eine armselige Rolle.

9. MITTWOCH
Verplaudern ist schädlich, verschweigen ist gut.

10. DONNERSTAG
Wie denn auf dieser Welt keiner leicht den andern versteht.

11. FREITAG
Dem Verzweifelnden verzeiht man alles, dem Verarmten gibt man jeden Erwerb zu.

12. SAMSTAG
Denn edlen Seelen vorzufühlen
Ist wünschenswertester Beruf.

13. SONNTAG

Das Vortreffliche aller Art, das zugleich populär wäre, ist das seltenste.

14. MONTAG

Man wird sich an den Vorzügen seiner Zeit nicht wahrhaft und redlich freuen, wenn man die Vorzüge der Vergangenheit nicht zu würdigen weiß.

15. DIENSTAG

Wer gegen sich selbst und andere wahr ist und bleibt, besitzt die schönste Eigenschaft der größten Talente.

16. MITTWOCH

Alle Gesetze und Sittenregeln lassen sich auf eines zurückführen: Wahrheit.

17. DONNERSTAG

Das Wasser ist ein freundliches Element für den, der damit bekannt ist und es zu behandeln weiß.

18. FREITAG

Lange sucht ich ein Weib mir, ich suchte, da fand ich nur Dirnen,
Endlich erhascht ich dich mir, Dirnchen, da fand ich ein Weib.

19. SAMSTAG

Der Wein, er erhöht uns, er macht uns zum Herrn
Und löset die sklavischen Zungen.

20. SONNTAG

Der Mensch ist nicht geboren, die Probleme der Welt zu lösen, wohl aber zu suchen, wo das Problem angeht, und sich sodann in der Grenze des Begrifflichen zu halten.

21. MONTAG

Wind ist der Welle
Lieblicher Buhler;
Wind mischt vom Grund aus
Schäumende Wogen.

22. DIENSTAG | 190. TODESTAG GOETHES

Nur in Wirkung und Gegenwirkung erfreuen wir uns!

23. MITTWOCH

Wissen: Das Bedeutende der Erfahrung, das immer ins Allgemeine hinweist.

24. DONNERSTAG

Es gibt Personen, denen ich wohl will, und wünschte, ihnen besser wollen zu können.

25. FREITAG

Viel ist, gar viel mit Worten auszurichten,
Wir zeigen dies im Reden wie im Dichten.

26. SAMSTAG

Ich bin zu alt, um nur zu spielen,
Zu jung, um ohne Wunsch zu sein.

27. SONNTAG

Ja, wäre nur ein Zaubermantel mein!
Und trüg er mich in fremde Länder.
Mir sollt er um die köstlichsten Gewänder,
Nicht feil um einen Königsmantel sein!

28. MONTAG

Mein Erbteil wie herrlich, weit und breit!
Die Zeit ist mein Besitz, mein Acker ist die
Zeit.

29. DIENSTAG

Denn das Leben streuet
Blum und Dorne! –
Ziel ist Ziel!
Das uns heute freuet.

30. MITTWOCH

Und wer am Zoll sitzt, ohne reich zu werden,
ist ein Pinsel.

31. DONNERSTAG

Der Frühling webt schon in den Birken,
Und selbst die Fichte fühlt ihn schon;
Sollt er nicht auch auf unsre Glieder wirken?

1. FREITAG

Wer mit seinen Produktionen stets zufrieden ist, wird nicht weit kommen.

2. SAMSTAG

Habe deine Zwecke im Ganzen vor Augen und lasse dich im Einzelnen durch die Umstände bestimmen.

3. SONNTAG

Was hast du uns absurd genannt!
Absurd allein ist der Pedant!

4. MONTAG

Ich habe mich so lange ums Allgemeine bemüht, bis ich einsehen lernte, was vorzügliche Menschen im Besonderen leisten.

5. DIENSTAG

Wenn man älter wird, muss man mit Bewusstsein auf einer gewissen Stufe stehen bleiben.

6. MITTWOCH

Der Mensch aber kann nicht ruhen, er will immer noch was anders.

7. DONNERSTAG

Ihr sucht die Menschen zu benennen
Und glaubt am Namen sie zu kennen.
Wer tiefer sieht, gesteht sich frei,
Es ist was Anonymes dabei.

8. FREITAG

Erdennot ist keine Not,
Als dem Feig und Matten.
Arbeit schafft dir täglich Brot,
Dach und Fach und Schatten.

9. SAMSTAG

Ein Leibarzt muss zu allem taugen;
Wir fingen bei den Sternen an
Und endigen mit Hühneraugen.

10. SONNTAG | 215. TODESTAG ANNA AMALIAS
Es ist eine schauderhafte Empfindung, wenn ein edler Mensch mit Bewusstsein auf dem Punkt steht, wo er über sich selbst aufgeklärt werden soll.

11. MONTAG
Doch der den Augenblick ergreift,
Das ist der rechte Mann.

12. DIENSTAG
Das sogenannte Aus-sich-Schöpfen macht gewöhnlich
falsche Originale und Manieristen.

13. MITTWOCH
Bären und Wölfe verderben das Land; es kümmert sie wenig, wessen Haus die Flamme verzehrt …

14. DONNERSTAG | GRÜNDONNERSTAG
Beim Baden sei die erste Pflicht,
Dass man sich nicht den Kopf zerbricht,
Und dass man höchstens nur studiere,
Wie man das lustigste Leben führe.

15. FREITAG | KARFREITAG
Es ist immer als eine Gabe des Augenblicks anzusehen, zwischen Bedächtigkeit und Freimütigkeit behaglich durchzuschiffen.

16. SAMSTAG | KARSAMSTAG
Zwar Nehmen ist recht gut, doch besser ist's: Behalten!

17. SONNTAG I OSTERSONNTAG
Übrigens ist mir alles verhasst, was mich bloß belehrt, ohne meine Tätigkeit zu vermehren oder unmittelbar zu beleben.

18. MONTAG I OSTERMONTAG
Nur die Lumpe sind bescheiden,
Brave freuen sich der Tat.

19. DIENSTAG
Zwischen heut und morgen
Liegt eine lange Frist:
Lerne schnell besorgen,
Da du noch munter bist.

20. MITTWOCH
Ich hasse die Menschen, die nichts bewundern, denn ich habe Zeit meines Lebens alles bewundert.

21. DONNERSTAG
Ein starkes Bier, beizender Toback,
Und eine Magd im Putz, das ist nun mein Geschmack.

22. FREITAG
O blicke nicht nach dem, was jedem fehlt;
Betrachte, was noch einem jeden bleibt!

23. SAMSTAG
Das ist eine von den großen Taten,
Sich in seinem eignen Fett zu braten.

24. SONNTAG

Dicke Bücher! vieles Wissen!
Ach! Was werd ich lernen müssen!
Will es nicht in Kopf hinein,
Mag es doch im Buche sein!

25. MONTAG

Charaktere machen oft die Schwäche zum Gesetz.

26. DIENSTAG

Die Menschen lieben die Dämmerung mehr als den hellen Tag, und eben in der Dämmerung erscheinen die Gespenster.

27. MITTWOCH

Dasein ist Pflicht und wär's ein Augenblick.

28. DONNERSTAG

Das Bild eines Despoten, wenn es auch nur in der Luft schwebt, ist edlen Menschen schon fürchterlich.

29. FREITAG

Den echten Dichter wird niemand kennen, als wer dessen Zeit kennt

30. SAMSTAG

Während ich diktiere, denke ich mir die Person, an die ich schreibe, als gegenwärtig, überlasse mich naiverweise dem Eindruck des Moments und meinem Gefühl …

1. SONNTAG | MAIFEIERTAG
Wer befehlen kann, wird loben,
Und er wird auch wieder schelten,
Und das muss dir, treuer Diener,
Eines wie das andre gelten.

2. MONTAG
Erlaubt ist, was gefällt.

3. DIENSTAG
Es ist was Schreckliches um einen vorzüglichen Mann, auf den sich die Dummen was zugute halten.

4. MITTWOCH
Edel sei der Mensch,
Hilfreich und gut!
Denn das allein
Unterscheidet ihn
Von allen Wesen,
Die wir kennen.

5. DONNERSTAG
Die Schanze, die ein tüchtiger General verteidigt, ist auch Dreck, aber er darf sie doch nicht schimpflich im Stich lassen, wenn er nicht seine eigene Ehre in den Dreck treten will.

6. FREITAG
Du bist sehr eilig, meiner Treu!
Du suchst die Tür und läufst vorbei.

7. SAMSTAG
Wenn man mit sich selbst einig ist, ist man es auch mit andern.

8. SONNTAG

... es müsste eine recht angenehme Empfindung sein, sich am Eise zu wärmen.

9. MONTAG | 217. TODESTAG SCHILLERS

Lieber schlimm aus Empfindung als gut aus Verstand.

10. DIENSTAG

Doch was in Augenblicken der Entzückung
Die Knie beugt, ist auch ein süß Gefühl.

11. MITTWOCH

Im Laufe des frischen Lebens erduldet man viel, es sei nun vom Veralteten oder Überneuen.

12. DONNERSTAG

Was ist denn das Erfinden?
Es ist der Abschluss des Gesuchten.

13. FREITAG

Ich habe es oft gesagt und werde es noch oft wiederholen, die causa finalis der Welt und Menschenhändel ist die dramatische Dichtkunst.

14. SAMSTAG

Alles in der Welt lässt sich ertragen,
Nur nicht eine Reihe von schönen Tagen.

15. SONNTAG

Dem Tüchtigen ist diese Welt nicht stumm!
Was braucht er in die Ewigkeit zu schweifen?
Was er erkennt, lässt sich ergreifen.

16. MONTAG

Freilich leben wir alle in Familien und im Staat, und es trifft uns nicht leicht ein tragisches Schicksal, das uns nicht als Glieder von beiden träfe.

17. DIENSTAG

Fehlst du, lass dich's nicht betrüben:
Denn der Mangel führt zum Lieben:
Kannst dich nicht vom Fehl befrein,
Wirst du andern gern verzeihn.

18. MITTWOCH

Man muss eine Sache gefunden haben, wenn man wissen will, wo sie liegt.

19. DONNERSTAG

Die höheren Forderungen sind an sich schon schätzbarer, auch unerfüllt, als niedrige, ganz erfüllte.

20. FREITAG

Unwissende werfen Fragen auf, welche von Wissenden vor tausend Jahren schon beantwortet sind.

21. SAMSTAG

Schön und menschlich ist der Geist,
Der uns in das Freie weist …

22. SONNTAG
Ich wünsche mir eine hübsche Frau,
Die nicht alles nähme gar zu genau,
Doch aber zugleich am besten verstände,
Wie ich mich selbst am besten befände.

23. MONTAG
Es lebe die Freiheit! Und wenn die uns überlebt, können wir ruhig sterben.

24. DIENSTAG
Das Fiedeln, Schreien, Kegelschieben
Ist mir ein gar verhasster Klang;
Sie toben, wie vom bösen Geist getrieben,
Und nennen's Freude, nennen's Gesang.

25. MITTWOCH
Das sicherste Mittel ein freundschaftliches Verhältnis zu hegen und zu erhalten, finde ich darin, dass man sich wechselsweise mitteile, was man tut.

26. DONNERSTAG I CHRISTI HIMMELFAHRT
Ein Tag bringt den andern, und beim Schicksal steht das Zukünftige.

27. FREITAG
Wenn wir nur erst ins Gleiche kommen, dass jedes seinen Gang geht, ohne den andern mitnehmen zu wollen, wird alles gut werden.

28. SAMSTAG
Bringst du Geld, so findest du Gnade; sobald es dir mangelt,
Schließen die Türen sich zu.

29. SONNTAG

Wie man Geld und Zeit vertan,
Zeigt das Büchlein lustig an.

30. MONTAG

Was gelten soll, muss wirken und muss dienen.

31. DIENSTAG

Ich fühle wohl, Bester, es gehört Genie zu allem,
Auch zum Märtyrertum.

1. MITTWOCH

Die Gerichtsstunde kommt. Der Böse fällt mit dem Guten!
Ein Geschlecht wird weggemäht, und das andre tritt ein.

2. DONNERSTAG

Über Geschichte kann niemand urteilen, als wer an sich selbst Geschichte erlebt hat. So geht es ganzen Nationen.

3. FREITAG

Die angenehmsten Gesellschaften sind die, in welchen eine heitere Ehrerbietung der Glieder gegeneinander obwaltet.

4. SAMSTAG

Die Menschen werden durch Gesinnungen vereinigt, durch Meinungen getrennt.

5. SONNTAG | PFINGSTSONNTAG

Man hat Gewalt, so hat man Recht.
Man fragt ums Was und nicht ums Wie!

6. MONTAG | PFINGSTMONTAG

Die Flamme reinigt sich vom Rauch:
So reinge unsern Glauben!

7. DIENSTAG

Gesetzgeber oder Revolutionärs, die Gleichsein und Freiheit zugleich versprechen, sind Fantasten oder Charlatans.

8. MITTWOCH

Der ist am glücklichsten, er sei
Ein König oder ein Geringer, dem
In seinem Hause Wohl bereitet ist.

9. DONNERSTAG

Ferner bin ich sehr an das Befehlen gewohnt, doch wo ich nichts zu sagen habe, da kann ich es bleiben lassen.

10. FREITAG

Frage nicht, durch welche Pforte
Du in Gottes Stadt gekommen,
Sondern bleib am stillen Orte
Wo du einmal Platz genommen.

11. SAMSTAG

Ich hieß ihn gar nicht sich stören, denn es sei sehr selten, dass einen der Segen Gottes inkommodiere.

12. SONNTAG
Der Sinn und das Bestreben der Griechen ist, den Menschen zu vergöttern, nicht die Gottheit zu vermenschen.

13. MONTAG
Der Großmütige gleicht einem Mann, der mit seinem Abendbrot Fische fütterte, aus Unachtsamkeit in den Teich fiel und ersoff.

14. DIENSTAG | 194. TODESTAG CARL AUGUSTS
Und was man Gutes denkt, kommt meist erst hintendrein.

15. MITTWOCH
Und wenn ich alles habe, was mich freut,
Will ich gern allen andern alles geben.

16. DONNERSTAG | FRONLEICHNAM
Nur keine Ungeduld! Immer fort gehandelt und mitunter gesprochen!

17. FREITAG
Ach, so viele Tausend Menschen kennen,
Dumpf sich treibend, kaum ihr eigen Herz …

18. SAMSTAG
Die himmlischen und irdischen Dinge sind ein so weites Reich, dass die Organe aller Wesen zusammen es nur erfassen mögen.

19. SONNTAG

... wer sich des Guten nicht erinnert, hofft nicht.

20. MONTAG

Gewissen Geistern muss man ihre Idiotismen lassen.

21. DIENSTAG

Ich merke wohl: Es steckt der Irrtum an.

22. MITTWOCH

Ich hör es gern, wenn auch die Jugend plappert:
Das Neue klingt, das Alte klappert.

23. DONNERSTAG

Glückselger Jüngling, dem man seine Mängel
Zur Tugend rechnet, dem so schön vergönnt ist,
Den Knaben noch als Mann zu spielen, der
Sich seiner holden Schwäche rühmen darf.

24. FREITAG

Wenn man sich um der Kinder willen keine Mühe gäbe, wie wärt ihr groß geworden?

25. SAMSTAG

Kirschkerne wird niemand kauen:
Man kann sie verschlucken, doch nicht
verdauen.

26. SONNTAG

Indessen hat die Klugheit so was Gebietendes, dass wir ihr oft auch wider unsre Neigung folgen.

27. MONTAG

Was nützt mir der ganzen Erde Geld?
Kein kranker Mensch genießt die Welt.

28. DIENSTAG

Wer im Frieden
wünschet sich Krieg zurück,
Der ist geschieden
Vom Hoffnungsglück.

29. MITTWOCH

Auch die Kultur, die alle Welt beleckt,
Hat auf den Teufel sich erstreckt.

30. DONNERSTAG

Ach Gott! Die Kunst ist lang,
Und kurz ist unser Leben.

1. FREITAG
Wer kuppelt nicht einmal, um selber zu genießen?

2. SAMSTAG
Das Leben ist ein schlechter Spaß,
Dem fehlt's an Dies, dem fehlt's an Das,
Der will nicht wenig, der zu viel,
Und Kann und Glück kommt auch ins Spiel.

3. SONNTAG
Nach bestimmten Gesetzen treten wir ins Leben ein, die Tage sind gezählt, die uns zum Anblicke des Lichts reif machen, aber für die Lebensdauer ist kein Gesetz.

4. MONTAG
Freuet euch des wahren Scheins,
Euch des ernsten Spieles:
Kein Lebendiges ist ein Eins,
Immer ist's ein Vieles.

5. DIENSTAG
Lehrbuch und Geschichte sind gleich lächerlich dem Handelnden.

6. MITTWOCH
Die Leidenschaft bringt Leiden!

7. DONNERSTAG
Überhaupt lernet niemand etwas durch bloßes Anhören, und wer sich in gewissen Dingen nicht selbst tätig bemühet, weiß die Sachen nur oberflächlich und halb.

8. FREITAG
Dass man sich zwingen kann, beweist nicht, dass man liebt.

9. SAMSTAG
Bilder so wie Leidenschaften
Mögen gern am Liede haften.

10. SONNTAG

Wir haben Gold, Silber und Papiergeld, und jedes hat seinen Wert und seinen Kurs, aber um jedes zu würdigen, muss man den Kurs kennen. Mit der Literatur ist es nicht anders.

11. MONTAG

Hast du ein Lorbeerreis mir bestimmt, so lass es am Zweige
Weiter grünen, und gib einst es dem Würdigern hin …

12. DIENSTAG

Und hast du das Mädchen,
So hat sie dich auch.

13. MITTWOCH

Ein braver Mann! Ich kenn ihn ganz genau:
Erst prügelt er, dann kämmt er seine Frau.

14. DONNERSTAG

Und was die Menschen meinen,
Das ist mir einerlei …

15. FREITAG

Je weiter man in der Welt herumkommt, desto mehr sieht man, dass der Mensch zur Leibeigenschaft geboren ist.

16. SAMSTAG

Wie eingeschränkt ist der Mensch bald an Verstand, bald an Kraft, bald an Gewalt, bald an Willen.

17. SONNTAG

Alles entsteht und vergeht nach Gesetz: doch über des Menschen Leben, dem köstlichen Schatz, herrschet ein schwankendes Los.

18. MONTAG

Wollen die Menschen Bestien sein,
So bringt nur Tiere zur Stube herein;
Das Widerwärtige wird sich mindern,
Wir sind hier eben alle von Adams Kindern.

19. DIENSTAG

Jeder Mensch in seiner Beschränktheit muss sich nach und nach eine Methode bilden, um nur zu leben.

20. MITTWOCH

Wenn mir eine Sache missfällt, so lass ich sie liegen oder mache sie besser.

21. DONNERSTAG

Einzeln stechen auch die Mücken,
Braucht nicht gleich ein ganzes Heer.

22. FREITAG

Etwas Musik ware sehr wünschenswert, es ist das unschuldigste und angenehmste Bindungsmittel der Gesellschaft.

23. SAMSTAG

O süße Stimme! Vielwillkommner Ton
Der Muttersprach in einem fremden Lande.

24. SONNTAG

Der Mensch erfährt, er sei auch, wer er mag,
Ein letztes Glück und einen letzten Tag.

25. MONTAG

Natur hat weder Kern noch Schale;
Du prüfe dich nur allermeist,
Ob du Kern oder Schale seist!

26. DIENSTAG

Und frische Nahrung, neues Blut
Saug ich aus freier Welt;
Wie ist Natur so hold und gut,
Die mich am Busen hält.

27. MITTWOCH

Die Natur geht ihren Gang, und dasjenige, was uns als Ausnahme erscheint, ist in der Regel.

28. DONNERSTAG

Neigung besiegen ist schwer; gesellet sich aber Gewohnheit,
Wurzelnd, allmählich zu ihr, unüberwindlich ist sie.

29. FREITAG

Das größte Bedürfnis eines Staats ist das einer mutigen Obrigkeit …

30. SAMSTAG

Ungerechtigkeit und Unbilligkeit sind an der Tagesordnung: Wie können Parteien gegen einander irgendeine Rücksicht nehmen?

31. SONNTAG

Wo kämen denn die Perlen her
Wenn der Himmel nicht weinte?

1. MONTAG
Genau besehen, ist alle Philosophie nur der Menschenverstand in amphigurischer (unsinniger) Sprache.

2. DIENSTAG
Die Poesie ist doch wirklich eine Klapperschlange, in deren Rachen man sich mit widerwilligem Willen stürzt.

3. MITTWOCH
Mit keiner Arbeit hab ich geprahlt,
Und was ich gemalt hab, hab ich gemalt.

4. DONNERSTAG
Mich bringt nichts von meinem alten erprobten Wege: die Probleme sachte, sachte wie Zwiebelhäute zu enthüllen und Respekt zu behalten für alles wahrhaft still-lebendige Knospen.

5. FREITAG
Proselyten zu machen, ist der natürlichste Wunsch eines jeden Menschen.

6. SAMSTAG
Tief und ernstlich denkende Menschen haben gegen das Publikum einen bösen Stand.

7. SONNTAG

Geht's in der Welt dir endlich schlecht,
Tu, was du willst, nur habe nicht Recht.

8. MONTAG

Wenn der Redner zum Volke spricht,
Da wo er kraut, da juckt's ihn nicht.

9. DIENSTAG

Dankt Gott mit jedem Morgen,
Dass ihr nicht braucht fürs Römsche Reich zu sorgen!

10. MITTWOCH

Man reist ja nicht, um anzukommen, sondern um zu reisen.

11. DONNERSTAG

Schwache Menschen haben oft revolutionäre Gesinnungen; sie meinen, es wäre ihnen wohl, wenn sie nicht regiert würden, und fühlen nicht, dass sie weder sich noch andere regieren können.

12. FREITAG

Eine Welt zwar bist du, o Rom; doch ohne die Liebe
Wäre die Welt nicht die Welt, wäre denn Rom auch nicht Rom.

13. SAMSTAG

Mit wie leichtem Herzensregen
Horchet ihr der Glocke nicht,
Die mit zwölf bedächtgen Schlägen
Ruh und Sicherheit verspricht!

14. SONNTAG
Dein stolzer Mund, der Sanftmut hingegeben,
Verkündet deines Wesens tiefste Ruh.

15. MONTAG | MARIÄ HIMMELFAHRT
Der Scharfsinn verlässt geistreiche Männer am wenigsten, wenn sie Unrecht haben.

16. DIENSTAG
Eines schickt sich nicht für alle!
Sehe jeder, wie er's treibe.

17. MITTWOCH
Tut ein Schilf sich doch hervor,
Welten zu versüßen!
Möge meinem Schreibe-Rohr
Liebliches entfließen.

18. DONNERSTAG
Hundert graue Pferde machen nicht einen einzigen Schimmel.

19. FREITAG
Man darf die Schlacken nicht schonen, wenn man endlich das Metall heraus haben will.

20. SAMSTAG
Die Schönheit kann nie über sich selbst deutlich werden.

21. SONNTAG

Und doch ist es in manchen Fällen notwendig und freundlich, lieber nichts zu schreiben, als nicht zu schreiben.

22. MONTAG

Mag's die Welt zur Seite weisen,
Wenig Schüler werden's preisen,
Die an deinem Sinn entbrannt,
Wenn die Vielen dich verkannt.

23. DIENSTAG

Die Knoten vieler Worte löst das Schwert
Gar leicht und schnell …

24. MITTWOCH

Selbst ist der Mann! Wer Thron und Kron
begehrt.
Persönlich sei er solcher Ehren wert!

25. DONNERSTAG | 278. GEBURTSTAG HERDERS

Ein leichter Sinn trägt alles!

26. FREITAG

Niemand ist mehr Sklave, als der sich für frei halt, ohne es zu sein.

27. SAMSTAG

Mit dem Ernsten und Wichtigen spielen, verderbt den Menschen.

28\. SONNTAG | 273. GEBURTSTAG GOETHES
Wer vor andern lange allein spricht, ohne den Zuhörern zu schmeicheln, erregt Widerwillen.

29\. MONTAG
Dem frischen, jugendlichen Sinne ist der Zustand einer kleinen Stadt sehr gemäß …

30\. DIENSTAG
Nichts ist stillstehend.

31\. MITTWOCH
Also sag ich dir dies: der Glücklichste denke zum Streite
Immer gerüstet zu sein …

1. DONNERSTAG
Auf ebnem Boden straucheln ist ein Scherz.

2. FREITAG
Ängstlich ist es, immer zu suchen, aber viel ängstlicher, gefunden zu haben und verlassen zu müssen.

3. SAMSTAG | 265. GEBURTSTAG CARL AUGUSTS
Tadeln ist leicht, Erschaffen so schwer; ihr
Tadler des Schwachen,
Habt ihr das Treffliche denn auch zu belohnen
ein Herz?

4. SONNTAG

Schmachtende Liebe vermeidet den Tanz.

5. MONTAG | 289. GEBURTSTAG WIELANDS

Unsere Natur hängt sehr dahin und doch, wenn wir nur einmal die Kraft haben, uns zu ermannen, geht uns die Arbeit frisch von der Hand, und wir finden in der Tätigkeit ein wahres Vergnügen.

6. DIENSTAG

Der Theolog befreit dich von der Sünde, die er selbst erfunden hat …

7. MITTWOCH

Eine Ableitung unserer Leidenschaften und Neigungen ist der Umgang mit Tieren gewiss.

8. DONNERSTAG

Beglückt, wer Treue rein im Busen trägt,
Kein Opfer wird ihn je gereuen!

9. FREITAG

Jede Tugend übt Gewalt aus, wie auch jede Idee, die in die Welt tritt, anfangs tyrannisch wirkt.

10. SAMSTAG

Einen Tyrannen zu hassen vermögen auch
knechtische Seelen,
Nur wer die Tyrannei hasset, ist edel und groß.

11. SONNTAG

Die Turnerei halte ich wert; denn sie stärkt und erfrischt nicht nur den jugendlichen Körper, sondern ermutigt und kräftigt auch Seele und Geist gegen Verweichlichung.

12. MONTAG

Lange Überlegungen zeigen gewöhnlich, dass man den Punkt nicht im Auge hat, von dem die Rede ist, übereilte Handlungen, dass man ihn gar nicht kennt.

13. DIENSTAG

Eine tägliche Übersicht des Geleisteten und Erlebten macht erst, dass man seines Tuns gewahr und froh werde, sie führt zur Gewissenhaftigkeit.

14. MITTWOCH

Steile Gegenden lassen sich nur durch Umwege erklimmen, auf der Ebene führen gerade Wege von einem Ort zum anderen.

15. DONNERSTAG

Es kommen einem im Leben mehr unerwartete wunderbare Dinge vor, und es wäre schlimm, wenn alles im Gleise ginge …

16. FREITAG

Überstandenes Ungemach hat einen eigentümlichen Reiz.

17. SAMSTAG

Unmöglich ist, was Edle nicht vermögen.

18. SONNTAG
Ein Unterschied, der dem Verstand nichts gibt, ist kein Unterschied.

19. MONTAG
Man liebt Ursache und Wirkung zu verwechseln.

20. DIENSTAG I WELTKINDERTAG
Alle Dinge haben ein paar Ursachen.

21. MITTWOCH
Wenn mich etwas neckt und mich verdrießlich machen will, spring ich auf und sing ein Paar Contretänze den Garten auf und ab, gleich ist's weg.

22. DONNERSTAG
Wenn sich der Verirrte findet,
Freuen alle Götter sich.

23. FREITAG
So schließen wir, dass in die Läng
Euch nicht die Ohren gellen;
Vernunft ist hoch, Verstand ist streng,
Wir rasseln drein mit Schellen.

24. SAMSTAG
Versöhnt man sich, so bleibt doch etwas hängen.

25. SONNTAG

Sobald du dir vertraust, sobald weißt du zu leben.

26. MONTAG

Ein Volk, das unter dem unerträglichen Joch eines Tyrannen seufzt, darfst du das schwach heißen, wenn es endlich aufgärt und seine Ketten zerreißt?

27. DIENSTAG

... was vollständig im Kopfe liegt, das kommt auch vollständig und leicht heraus.

28. MITTWOCH

Ein großer Vorsatz scheint im Anfang toll ...

29. DONNERSTAG

Das Vortrefflichste gilt nun einmal, wohl dem, der es wiederholen kann!

30. FREITAG

Frisch gewagt ist schon gewonnen,
Halb ist schon mein Werk vollbracht.

1. SAMSTAG
Wie oft schlägt man einen Weg ein und wird davon abgeleitet!

2. SONNTAG | ERNTEDANKTAG
Der nur verdient geheimnisvolle Weihe,
Der ihr durch Ahnung vorzugreifen weiß.

3. MONTAG | TAG DER DEUTSCHEN EINHEIT
Bestünde nur die Weisheit mit der Jugend
Und Republiken ohne Tugend,
So wär die Welt dem höchsten Ziele nah.

4. DIENSTAG
Es bleibt doch endlich nach wie vor
Mit ihren hunderttausend Possen
Die Welt ein einzig großer Tor.

5. MITTWOCH
Die Weltgeschichte sammelt auf unsre Kosten
sehr große Schätze.

6. DONNERSTAG
Der Anblick gibt den Engeln Stärke,
Da keiner dich ergründen mag,
Und alle deine hohen Werke
Sind herrlich wie am ersten Tag.

7. FREITAG
Der Geist des Widerspruchs und die Lust zum Paradoxen steckt in uns allen.

8. SAMSTAG
Ja, mit dem besten Willen leisten wir
So wenig, weil uns tausend Willen kreuzen.

9. SONNTAG
Wirke gut, so wirkst du länger,
Als es Menschen sonst vermögen.

10. MONTAG
Zwar weiß ich viel, doch möcht ich alles wissen.

11. DIENSTAG
Wissenschaften entfernen sich im Ganzen immer vom Leben und kehren nur durch einen Umweg wieder dahin zurück.

12. MITTWOCH
»Wer will, der muss!« und ich fahre fort: Wer einsieht, der will.

13. DONNERSTAG
Tiefe Wunden schlägt das Schicksal, aber oft heilbare.

14. FREITAG
Das Würdige beschreibt sich nicht.

15. SAMSTAG
Das nackte Kind, das zagt nicht;
Mit seinem Pfennig springt es fort
Und kennt recht gut den Semmelort.
Ich meine des Bäckers Laden.

16. SONNTAG
Die Zeit rückt fort und in ihr Gesinnungen, Meinungen, Vorurteile und Liebhabereien.

17. MONTAG
In den Zeitungen ist alles Offizielle geschraubt, das Übrige platt.

18. DIENSTAG
Vom Ziel haben viele Menschen einen Begriff, nur möchten sie es gern schlendernd auf irrgänglichen Promenaden erreichen.

19. MITTWOCH
Sehr leicht zerstreut der Zufall, was er sammelt.

20. DONNERSTAG
Ein Glück ist's, dass jedem nur sein eigner Zustand zu behagen braucht.

21. FREITAG
In deinem Nichts hoff ich das All zu finden.

22. SAMSTAG
Das Gefühl eigner Anmut macht anmutig.

23. SONNTAG | 283. GEBURTSTAG ANNA AMALIAS
Jede Anziehung ist wechselseitig.

24. MONTAG
Narre! Wenn es brennt, so lösche,
Hat's gebrannt, bau wieder auf!

25. DIENSTAG
Wär nicht das Auge sonnenhaft,
Die Sonne könnt es nie erblicken;
Läg nicht in uns des Gottes eigne Kraft,
Wie könnt uns Göttliches entzücken?

26. MITTWOCH
Es bleibt einem jeden immer noch so viel Kraft, das auszuführen, wovon er überzeugt ist.

27. DONNERSTAG
Die Axt erklingt, da blinkt schon jedes Beil;
Die Eiche fällt, und jeder holzt sein Teil.

28. FREITAG
Von Ziegenbock und Käferzahn
Soll man ein Blümchen wahren.

29. SAMSTAG
Bekanntschaften, wenn sie sich auch gleichgültig ankündigen, haben oft die wichtigsten Folgen …

30. SONNTAG

Was ich besitze, seh ich wie im Weiten,
Und was verschwand, wird mir zu
Wirklichkeiten.

31. MONTAG | REFORMATIONSTAG

Sicherlich, es muss das Beste
Irgendwo zu finden sein.

1. DIENSTAG | ALLERHEILIGEN
Zwar sind sie an das Beste nicht gewöhnt,
Allein sie haben schrecklich viel gelesen.

2. MITTWOCH | ALLERSEELEN
Ein dürres Blatt im Wind getrieben,
Sieht öfters einem Vogel gleich.

3. DONNERSTAG
Durch einen wackren Boten wird die Wonne
Der guten Botschaft noch erhöht.

4. FREITAG
Wenn sich lau die Lüfte füllen
Um den grünumschränkten Plan,
Süße Düfte, Nebelhüllen
Senkt die Dämmerung heran,
Lispelt leise süßen Frieden.
Wiegt das Herz in Kindesruh.
Und den Augen dieses Müden
Schließt des Tages Pforte zu.

5. SAMSTAG
Nach ewigen, ehrnen
Großen Gesetzen
Müssen wir alle
Unseres Daseins
Kreise vollenden.

6. SONNTAG
Frei will ich sein im Denken und im Dichten:
Im Handeln schränkt die Welt genug uns ein.

7. MONTAG
Alles kommt auf die Dosis an. Auch Champagner kann Gift werden.

8. DIENSTAG
Ich denke immer, wenn ich einen Druckfehler sehe, es sei etwas Neues erfunden.

9. MITTWOCH
Der Mensch kann und soll seine Eigenschaften weder ablegen noch verleugnen.

10. DONNERSTAG | 263. GEBURTSTAG SCHILLERS
Fehlet die Einsicht oben, der gute Wille von unten,
Führt sogleich die Gewalt, oder sie endet den Streit.

11. FREITAG | MARTINSTAG
Einem Meinungen aufzwingen, ist schon grausam, aber von einem verlangen, er müsse empfinden, was er nicht empfinden kann, das ist tyrannischer Unsinn.

12. SAMSTAG
Man kann die Erfahrung nicht früh genug machen, wie entbehrlich man in der Welt ist.

13. SONNTAG | VOLKSTRAUERTAG
Man muss ganz nah an der Erde geboren und erzogen sein, um ihr etwas abzugewinnen.

14. MONTAG
Was man erfindet, tut man mit Liebe, was man gelernt hat, mit Sicherheit.

15. DIENSTAG
Denn zum Erkennen ist der Größte viel zu klein,
Und zum Genießen ist der Kleinste groß genug.

16. MITTWOCH | BUSS- UND BETTAG
Erringen will der Mensch, er will nicht sicher sein.

17. DONNERSTAG
Es ist besser, du glaubst an das Falsche, als du zweifelst am Wahren …

18. FREITAG
Wenn man denkt fertig zu sein, geht's erst recht an.

19. SAMSTAG
Man kann der Gesellschaft alles aufdringen, nur nicht, was eine Folge hat.

20. SONNTAG

Feiger Gedanken
bängliches Schwanken,
weibisches Zagen,
ängstliches Klagen,
wendet kein Elend,
macht dich nicht frei.

21. MONTAG

Es ist so elend, in der Fremde schweifen …

22. DIENSTAG

Welch eine bunte Gemeinde!
An Gottes Tisch sitzen Freund und Feinde.

23. MITTWOCH

Wer nicht die Welt in seinen Freunden sieht,
Verdient nicht, dass die Welt von ihm erfahre.

24. DONNERSTAG

Weiß doch der Gärtner, wenn das Bäumchen grünt,
Dass Blüt und Frucht die künftigen Jahre zieren.

25. FREITAG

Ein schöner Fuß ist eine große Gabe der Natur.
Diese Anmut ist unverwüstlich.

26. SAMSTAG

Es hilft nicht immer, Recht zu haben.

27. SONNTAG | 1. ADVENT

Das Genie mit Großsinn sucht seinem Jahrhundert vorzueilen; das Talent aus Eigensinn möchte es oft zurückhalten.

28. MONTAG

Die höchste Tugend, wie ein Heiligenschein,
Umgibt des Kaisers Haupt, nur er allein
Vermag sie gültig auszuüben: Gerechtigkeit!

29. DIENSTAG

Auf dem Gipfel der Zustände hält man sich nicht lange.

30. MITTWOCH

Eingebildete Gleichheit: das erste Mittel, die Ungleichheit zu zeigen.

1. DONNERSTAG

Gleichnisse dürft ihr mir nicht verwehren,
Ich wüsste mich sonst nicht zu erklären.

2. FREITAG

Hebt mich das Glück, so bin ich froh
Und sing in dulci Jubilo;
Senkt sich das Rad und quetscht mich nieder,
So denk ich: Nun, es hebt sich wieder!

3. SAMSTAG

Die Reue spricht sich aus, und du wirst Gnade finden.

4. SONNTAG I 2. ADVENT

Hör auf, mit deinem Gram zu spielen
Der wie ein Geier dir am Leben frisst!

5. MONTAG

Und das ist's eben, worauf es ankommt, dass, wenn auch der Purpur abgelegt worden, noch sehr viel Großes, ja eigentlich noch das Beste, übrig bleibt.

6. DIENSTAG

Es ist seit Jahrhunderten so viel Gutes in der Welt, dass man sich billig nicht wundern sollte, wenn es wirkt und wieder Gutes hervorruft.

7. MITTWOCH

Gutes und Böses kommt
Unerwartet dem Menschen:
Auch verkündet, glauben wir's nicht.

8. DONNERSTAG

Die Güte des Herzens nimmt einen weiteren Raum ein
als der Gerechtigkeit geräumiges Feld.

9. FREITAG

Und was man Gutes denkt, kommt meist erst hinterdrein.

10. SAMSTAG

Wollt ihr Macht? Der Mächtige hat sie.
Wollt ihr Reichtum? Zugegriffen!
Glanz? Behängt euch! Einfluss? Schleicht nur!
Hoffe niemand solche Güter;
Wer sie will, ergreife sie.

11. SONNTAG | 3. ADVENT
»Wohl kamst du durch; so ging es allenfalls!«
Mach's einer nach und breche nicht den Hals.

12. MONTAG
Die Welt ist nicht aus Brei und Mus geschaffen,
Deswegen haltet euch nicht wie Schlaraffen;
Harte Bissen gibt es zu kauen:
Wir müssen erwürgen oder sie verdauen.

13. DIENSTAG
Die irdische Harmonie ist doch gewaltiger als die himmlische.

14. MITTWOCH
Im Grunde verstehen die meisten unter uns weder zu hassen noch zu lieben.

15. DONNERSTAG
Man wird nicht ärmer, wenn man sein Hauswesen zusammenzieht.

16. FREITAG
Wer sich mit irgendeiner Kenntnis abgibt, soll nach dem Höchsten streben!

17. SAMSTAG
Humanität sei unser ewig Ziel.

18. SONNTAG | 4. ADVENT | 219. TODESTAG HERDERS

Höchst bemerkenswert bleibt es immer, dass Menschen, deren Persönlichkeit fast ganz Idee ist, sich so äußerst vor dem Fantastischen scheuen.

19. MONTAG

Mich verwirren will das Irren;
Doch du weißt mich zu entwirren.
Wenn ich handle, wenn ich dichte,
Gib du meinem Weg die Richte.

20. DIENSTAG

Die Tage der Jugend, sie glänzen und blühen;
O lass uns der Jugend genießen.

21. MITTWOCH

Es muss auch solche Käuze geben.

22. DONNERSTAG

Wenn ich von mir rechne, der Umgang mit Kindern macht mich froh und jung.

23. FREITAG

Und wer eine Anlage hat, klug zu werden, mag's nächst dem Leben in der Geschichte suchen.

24. SAMSTAG | HEILIGABEND

Und so geht mit guten Kindern
Sel'ger Engel gern zu Rat,
Böses Wollen zu verhindern,
Zu befördern schöne Tat.

25. SONNTAG | 1. WEIHNACHTSTAG
Der Erde schöner grüner Teppich soll
Kein Tummelplatz für Larven sein.

26. MONTAG | 2. WEIHNACHTSTAG
Ich bin alt genug, um Ruhe zu wünschen.

27. DIENSTAG
Wer muss Langmut üben?
Der große Tat vorhat,
bergan steigt,
Fische speist.

28. MITTWOCH
Was soll ich viel lieben, was soll ich viel hassen?
Man lebt nur vom leben lassen.

29. DONNERSTAG
Wer mag denn gleich Vortreffliches hören?
Nur Mittelmäßige sollten lehren.

30. FREITAG
Da sieht man, wie die Menschen sind:
Nur Leidenschaft und kein Gewissen!

31. SAMSTAG | SILVESTER
Und selten, dass ein Leser bestimmt sagen kann, was ihm wohlgetan hat.

BILDQUELLENNACHWEIS

Klassik Stiftung Weimar: 8, 11, 13, 14/15, 19, 25, 29, 30, 31, 35, 36, 47, 48/49, 55, 56/57, 58, 62/63

akg-images: 6, 7, 22, 40, 44, 45, 67 (akg / Science Photo Library), 68 (akg / Science Photo Library), 72/73

Mauritius: 26 (mauritius images / Historical image collection by Bildagentur-online / Alamy)

TEXTQUELLENNACHWEIS

Januar: 6,275 f.; 23,347 f;, 20,711; 1,626; 3,335; 18,259; 1,418; 1,457; 9,619; 1,608; 3,471; 3,346; 6,811; 9,500; 23,122; 9,623; 10,632; 5,303; 22,469; 4,266; 5,335; 1,631; 9,589; 9,56; 1,639; 11,569; 2,463; 1,458; 4,562; 1,389; 23,442

Februar: 3,326; 1,646; 24,753; 1,611; 6,207; 5,296; 5,476; 1,92; 9,603; 9,626; 9,364; 11,851; 9,628; 7,590; 19,289; 23,478; 11,568; 6,313; 7,86; 21,820; 3,85; 18,202; 3,625; 9,557; 6,380; 23,665; 9,651; 24,130; 1,430

März: 1,439; 5,526; 23,503; 2,212; 2,407; 3,154; 5,611; 4,683; 1,144; 4,429; 9,613; 1,516; 14,461; 16,14; 9,540; 23,49; 9,221; 2,184; 1,88; 24,164; 1,306; 13,202; 9,673; 9,522; 3,650; 5,189; 5,177; 3,335; 1,696; 4,786; 5,236

April: 23,75 f.; 21,920; 1,619; 9,521; 9,626; 21,862; 1,438; 4,822; 5,599; 7,542; 5,203; 9,640; 3,114 f.; 3,638; 21,994; 5,470; 20,666 f.; 1,100; 1,418; 23,754; 5,169; 6,265; 1,422; 23,365; 9,535; 6,605; 5,439; 11,210; 14,663; 23,655

Mai: 3,322; 6,242; 9,176; 1,324; 23,821; 1,425; 21,886; 7,140; 4,266; 6,326; 9,614; 9,644; 18,838; 1,423; 5,505; 24,603; 1,626; 9,677; 9,636; 9,658; 1,541; 1,641; 4,716; 5,172; 19,361; 4,691; 18,211; 21,178; 18,330; 6,261; 7,219

Juni: 8,856; 9,566; 9,162; 19,688; 5,496; 1,149; 9,622; 6,155; 18,10; 3,319; 4,990; 13,644; 4,603; 4,97; 6,818; 21,670; 2,44; 19,689; 12,482; 9,511; 6,292; 1,607; 6,273; 8,528; 2,188; 8,570; 18,99; 5,453; 5,219; 5,161

Juli: 5,604; 3,321; 7,617; 1,519; 7,617; 1,519; 4,22; 1,182; 24,127; 1,207; 1,496; 1,419; 1,612; 19,197; 18,776; 1,198 f.; 1,428; 12,623; 9,620; 1,662; 21,90; 6,171; 8,461; 1,529; 1,57; 24,130; 1,258; 8,435 f.; 21,260; 2,559

August: 9,650; 21,397; 1,395; 21,874; 10,92; 9,563; 1,420; 10,705; 5,205; 22,169; 9,535; 1,163; 1,346; 6,857; 9,628; 1,47; 3,299; 9,664; 20,933; 9,524; 9,16; 1,657; 6,279; 5,474; 4,440; 9,176; 14,732; 9,161; 10,457; 16,247; 3,268

September: 6,374; 7,610; 2,537; 1,25; 4,410; 6,715; 9,409; 5,194; 22,437; 2,525; 6,385; 23,10; 7,463; 23,484 f.; 7,532; 4,784; 22,449, 9,518; 21,966; 4,410; 1,287; 1,442; 5,313; 5,204; 4,420; 22,847; 5,359; 13,857; 1,42

Oktober: 9,208; 6,354; 5,549; 5,305; 22,662; 5,149 f.; 10,385; 6,328; 1,282; 5,162; 9,591; 21,672; 4,925; 5,319; 1,532; 9,197; 9,624; 19,567; 6,215; 5,567; 6,215; 22,319; 5,339; 8,191; 9,192; 1,100; 1,629; 9,509; 1,604; 1,399; 8,404; 5,141; 5,315

November: 5,143; 2,558; 19,278; 5,291 f.; 1,325; 6,280; 22,251; 9,633; 17,721, 1,263; 4,132; 7,509; 18,657; 9,644; 5,546; 4,19; 23,50; 18,70; 9,174; 6,876; 5,286; 3,338; 6,226; 5,151; 9,89; 3,101; 9,628; 5,296; 10,768; 9,622

Dezember: 2,432; 1,565; 5,490, 5,192; 24,702; 24,447; 5,413; 9,666; 4,97; 6,429; 2,380; 1,441; 18,565; 23,822; 7,36613,151; 3,732; 9,526; 3,290; 6,984; 5,252; 18,431; 18,431; 18,678; 9,456; 6,165; 23,700; 9,667; 1,438; 2,395; 1,683; 18,739

Die Goethetexte dieses Almanachs werden unter Angabe von Band- und Seitenzahl nach der Gedenkausgabe der Werke, Briefe und Gespräche zitiert, herausgegeben von Ernst Beutler, Zürich und Stuttgart, Artemis Verlag 1950 bis 1971.
Alle zitierten Texte wurden zugunsten der besseren Lesbarkeit vorsichtig an moderne Schreibweisen angepasst.

INHALT